UNE VIEILLE MAITRESSE.

Ouvrages de Xavier de Montépin.

— ✦ —

Brelan de Dames . . . . 4 vol.
Le Loup noir . . . . 2 vol.
Confessions d'un Bohême . . . . 5 vol.
Les Chevaliers du Lansquenet . . . . . 10 vol.
Les Viveurs d'autrefois . . . . 4 vol.
Pivoine . . . . 2 vol.
Les Amours d'un Fou . . . . 4 vol.

Sous presse.

Le Vicomte Raphaël.
Mignonne.

Ouvrages d'Alexandre Dumas fils.

—

Tristan le Roux. . . . . 5 vol.
La Dame aux camélias. . . . . 2 vol.
Aventures de quatre femmes . . . . . . 6 vol.
Le docteur Servans . . . . 2 vol.
Le Roman d'une femme . . . . 4 vol.
Césarine . . . . 1 vol.

Sous presse.

Monsieur Théodore.
Henri de Navarre.
Les Amours véritables.

Ouvrages d'Eugène Sue.

—

Les Enfants de l'Amour. . . . . 4 vol.
Les Sept Péchés Capitaux. . . . . . . 16 vol.

Sous presse :

L'Institutrice.
L'Avarice.
La Gourmandise.

Impr. de E. Dépée, à Sceaux (Seine).

UNE
·
VIEILLE MAITRESSE

PAR

JULES BARBEY D'AUREVILLY.

Perseverare... diabolicum.
— LES ASCÈTES. —

Les Rois de la terre, — et Dieu même, —
récompensent la fidélité.
— ANONYME. —

3

PARIS
ALEXANDRE CADOT, ÉDITEUR,
32, RUE DE LA HARPE.
—
1851

16110

X

Deux espèces de coins du feu.

Cependant la vie de ces deux heureux qui allaient cesser de l'être, dut, à partir de cette journée, se modifier, sinon dans les surfaces, au moins dans les profondeurs. La première peine, quelque légère qu'elle soit, a toujours plus de poids que le bonheur n'a de résistance et elle va d'un seul trait jusqu'au fond de notre félicité, comme un

III.   1

plomb qui tombe dans de l'eau. Ryno et Hermangarde s'aimaient encore avec la même toute-puissante plénitude, mais il y avait entr'eux quelque chose qu'ils ne se disaient pas. Pour des cœurs délicats et qui ont bu dans la coupe enchantée de la Confiance, rien n'est affreux comme ce supplice: Hermangarde voyait, d'un œil fixe, toujours suspendue sur son cœur la pointe d'une épée qui n'était peut-être qu'une illusion d'épée... mais aurait-elle jamais le moyen de s'assurer de la réalité d'une vision qui la terrifiait?... L'anxiété s'ajoutait aux tourments de l'apparence. Quant à Ryno, il pénétrait la pensée qui bourrelait l'âme de sa femme et il ne pouvait rien sur cette pensée; il la lui laissait.

Il essaya néanmoins de l'endormir et de la perdre dans les nombreuses expressions d'un amour qui n'avait besoin de nul effort pour

être éloquent et bien sincère. Il est vrai qu'il
n'inventait pas. Il continuait d'être le Ryno,
amoureux, prosterné, charmant de grâce
ardente et de passion souveraine qu'il était,
depuis six mois, sans que les couleurs de cet
amour eûssent seulement pâli! Mais continuer d'être tout cela, — ne pas pouvoir
monter davantage, mais planer dans cet
éther de feu, — n'était-ce pas assez pour
verser l'oubli dans l'ivresse, au cœur de la
femme qu'il aimait? Hélas! non, ce n'était
pas assez. Aussi l'idée qu'elle gardait
dans les expansions les plus involontaires,
une douleur aux replis de son âme nitide,
au fond de ce calice fumant de parfums qu'il
vidait sans cesse de la rosée dont il était
plein, jetait jusque sur les plus vives caresses de Ryno une mélancolie dont pour Hermangarde le charme triste au moins fut
nouveau. Elle en jouit comme d'une volupté

macérée. Elle respira avec les langueurs enflammées des Mystiques, cette fleur laissée
aux rameaux d'épines, qui lui ensanglan-
taient le sein. Mais esclave des pensées jalouses que la scène de la Vigie entrevue avait
ait lever et s'emmêler, vagues et confuses,
dans son cœur troublé, elle s'expliqua cette
mélancolie et les explications qu'elle se
donna furent de nouvelles tortures pour elle.
Avait-elle tort? N'y avait-il qu'*elle* dans cette
tristesse de Ryno, qui pouvait être le sentiment de la limite dans l'amour heureux et
qui donne à ses jouissances trop tôt finies,
l'ardeur profonde et altérée de je ne sais
quel désespoir? Le passé, une autre femme,
la *Robe Rouge,* ce sanglant météore qui avait
surgi tout à coup dans le ciel de son bonheur, tout cela n'était-il pour rien dans cette
mélancolie, faite peut-être de désirs nou-
veaux, de remords, de regrets et oui! d'un

peu d'amour encore , mais d'amour qui s'en va mourir? Voilà ce qu'elle se disait avec amertume, en s'enveloppant dans de consumantes rêveries. Le tact prodigieux des femmes qui aiment l'avertissait-il? Ou Ryno resté vraiment digne d'elle , n'était-il triste que parce qu'il ne pouvait lui rendre le repos qu'elle avait perdu ?

Toujours est-il qu'il n'avait pas revu Vellini. Quand il l'avait quittée sur la falaise, Où était-elle allée ? Quelles avaient été leurs dernières paroles? S'étaient-ils promis de se revoir? Les adieux , les anciens adieux auxquels Ryno en avait tant appelé, avaient-ils été de nouveau prononcés entre eux , élevés entr'eux comme une barrière ?... Qu'étaient-ils devenus, lorsque madame de Marigny eut atteint la plate-forme de la tour ruinée? Ryno le savait, sans doute , et ce qu'il savait dicta sa conduite. Il affecta pendant quelques jours

de ne plus sortir ou de sortir avec sa femme.
Il répondait à ses jalousies muettes, en ne la
quittant plus.

Du reste, chaque jour, l'hiver qui s'avançait d'un pas, rendait plus rares leurs promenades. Ils ne voyaient presque plus que
des fenêtres de leur grand salon, le paysage
maritime qu'ils avaient si souvent parcouru.
Éclairé par un ciel habituellement gris et
bas, qui en pressait de toutes parts l'étendue
monotone, il s'harmoniait bien avec l'état
de leurs âmes. C'était l'infini nuageux de
leur amour! Il en avait l'immensité et la
teinte déjà soucieuse. Bientôt le vent qui
s'engouffrait dans cette Anse devint si piquant qu'il fallut renoncer à la *niche* et à la
falaise. Ils se contentaient alors de descendre, quand il ne pleuvait pas, les escaliers
des murs de la cour et de faire quelques
tours rapides au bord du hâvre et sur la

grève où rien ne semblait vivre que les éléments. Ils entraient alors dans cette période
de la vie de campagne que madame d'Artelles et la marquise avaient redoutée et
qu'eux, au contraire, avaient désirée et vou-
lue avec la confiante témérité de l'amour. On
le conçoit. Quand on s'aime comme ils s'aimaient, lorsqu'ils arrivèrent sur cette côte,
on voudrait habiter un point indivisible de
l'espace afin d'être plus rapprochés. L'hiver
dont les rigueurs sont plus âpres à Carteret
que partout ailleurs, rongeait, pour ainsi
dire, le sol autour d'eux. Ils ne pouvaient plus
s'y étendre. La Nature les refoulait l'un vers
l'autre et leur disait : « Suffisez-vous ! » Ah !
la Nature est une bonne mère. La vraie place
de l'amour n'est réellement qu'à la campagne, en hiver, quand on ne peut plus *mettre
un pied dehors*, et qu'endormie et crispée
dans son lit de frimas, la terre n'a plus à of-

frir de ces distractions et de ces spectacles
qui pour la conscience timorée d'un amour
exquis, sont presque des infidélités. C'est
alors qu'au fond, — tout au fond de la maison isolée où l'on aime, — on se crée des
recueillements merveilleux et des tranquilli-
tés inépuisables, à l'abri de tous les impor-
tuns du monde et sous la garde bénie des
mauvais temps et des mauvais chemins. Le
foyer domestique se concentre. Le coin du
feu devient toute la maison. On y vit et on s'y
réchauffe, — assis tous deux sur la même
causeuse, — ce meuble inventé par l'Amour,
— entre les feuilles rapprochées de quelque
paravent de laque qui double la chaleur en
la retenant, et jette une ombre de plus sur
le corps, un mystère de plus sur la pensée !
On y alimente ses rêveries, en entendant le
grillon, — cette cigale de l'âtre de l'homme,
— qui chante dans la cendre chaude, comme

la cigale de l'été chante dans les blés brûlés
de soleil, — et plus loin, — au dehors, —
derrière les remparts transparents des fenêtres, les hurlements du vent du nord dans
les brisans de la falaise, le flagellement de la
vitre sous la pluie qui fume, et le silence
(car le silence s'entend) de la neige perpen-
diculaire, qui tombe en paix des sommets du
ciel, comme les duvets d'un cygne plumé
par une main cachée dans les nues. Toutes
ces musiques éoliennes de la Nature soupi-
rante ou gémissante bercent l'âme et l'en-
dorment comme dans un hamac d'harmonies.
Et ce n'est là pourtant encore qu'une partie
de nos sensations! Dans cet ovale, dessiné
par le paravent, dans ce coin du feu toujours allumé, toujours irradiant, la femme
aimée prend des expressions et des reflets
qui communiquent à sa beauté des caractères qu'on ne lui avait jamais connus. Le jour,

sous les triples draperies des rideaux, filtre
à peine dans l'appartement. Des clartés voilées luttent et succombent aux angles du
salon dont les bustes blancs trempent dans
l'ombre. Toute la lumière part de la cheminée comme de son sanctuaire. Tantôt écla-
tante et joyeuse avec la flamme sonore du
sarment qui pétille et meurt, et qu'on appelle
joie de mariage pour en marquer la chaleur
et la gaîté éphémère ; tantôt sombre et pourtant ardente avec l'embrâsement pénible du
chêne, elle colore de teintes, si différentes
dans leur couleur unique, la tête chérie,
qu'on dirait les touches diverses de plusieurs
pinceaux. Au sein de cette pénombre ver-
millonnée par la flamme, les yeux *charmeurs*
ont des étincèlements de caméléon et de
rubis comme la Tradition Antique en prêtait
au dauphin expirant. Les cheveux d'or, —
la chaîne de notre vie, — se bronzent ou

rougissent... La joue pénétrée monte par des transitions successives toute la gamme de la couleur de l'amour, depuis le rose vaporeux et tendre jusqu'au pourpre le plus profond ; et si elle rit ou sourit, la reine de notre cœur, la flamme perle encore sa goutte incarnadine sur l'émail humide de ses dents érubescentes. Ah ! pour des êtres épris, l'un de l'autre, que les jours d'hiver, ces moitiés de nuit si touchantes, passent suavement en ces contemplations oisives, songeuses, idolâtres, dans le rayonnement du foyer ! Non, rien ne vaut cette tendresse, tapie dans un salon bien clos et chargé des souffles de deux créatures qui se pénètrent par le regard et par toutes les effluves de l'haleine, — car la peau respire comme la poitrine, — et qui atteignent le soir, dans ce bain moite d'air humain sorti d'elles-mêmes, et qui les

noie dans les langueurs écrasantes d'une as-
phyxie de volupté !

Marigny et Hermangarde s'absorbèrent en
cette vie intérieure, mais ces jours conden-
sés par le silence et la solitude, furent bientôt comme les restes épanchés d'une essence
qu'on cherche au bord d'un flacon tari.
L'atôme d'un poison invisible s'imbibait déjà
dans ces gouttes huileuses et diamantées du
pur nectar cristallisé qu'ils épuisaient sur
leurs lèvres. La pensée qu'on ne dit pas,
cette petite tache noire dont les plus saines
et les plus fortes intimités peuvent mourir,
commençait à marbrer de teintes putrides ce
bonheur, zest amer et brûlant du fruit qu'ils
avaient dévoré. Cette pensée fixe et pourtant
mobile, la présence éternelle de Ryno ne la
bannissait pas. Près de lui, Hermangarde la
sentait circuler dans ses veines, briller dans
ses yeux, mourir sur ses lèvres, faire plu-

sieurs fois le tour de son être, comme le
sang chassé par le cœur qui revient au
cœur. Ryno le voyait bien. Il pouvait dire, à
chaque minute de la vie, dans quel organe
de cette femme, si secrètement atteinte, passait ou s'arrêtait le poison subtil qui était
tombé de sa main, à lui! Cette souffrance cachée qui résistait à tout, lui jetait parfois au
cœur d'âpres et de courts ressentiments.
Alors, lui qui savait sa puissance, l'évoquait,
prêt à s'en servir, prêt à en abuser. Dieu de
cette femme et par cette femme, il faisait lever et monter et passer l'océan de feu des
caresses sur cette petite tache qu'il n'empor-
tait pas, qu'il ne balayait pas et qui restait
comme le sang sur la main de lady Macbeth.
Dans ces moments (les femmes pures s'en
étonneront-elles?) Hermangarde ne tendait
pas, comme autrefois, sa poitrine à la foudre.
Une inexprimable alarme de tous les senti-

ments de son être la retenait contre le cœur
de son mari, semblable à un oiseau craintif
qui mettrait sa tête sous son aîle. Si elle ne
s'en arrachait pas, c'est que peut-être il était
toujours le Ryno de ses rêves et de son mariage, mais, mon Dieu, où en est le bonheur
de l'amour, lorsque le doute nous vient faire
trembler sur la loyauté des caresses?

Ce doute rendait tout impossible. Elle
avait bien eu la pensée d'écrire à sa grand'-
mère ce qui lui pesait sur le cœur. « Mais à
quoi bon, — s'était-elle dit, — troubler de
mes incertitudes, les derniers jours d'une
femme excellente dont le bonheur est fait du
mien?... » Cette pieuse pitié l'avait arrêtée.
Cependant tout ce qu'elle avait de jeunesse
dans l'âme et de mortelles anxiétés lui don-
naient des soifs de confiance qu'elle ne devait pas étancher. La perspective morne
d'une compression sans bornes l'accablait.

Elle en souffrait plus que jamais, un jour qu'elle était restée seule au manoir. M. de Marigny, qui n'était pas sorti depuis plusieurs semaines, avait fait seller un cheval et était allé à Barneville chercher les lettres qu'ils attendaient de Paris. Dans la disposition de son âme, une chose si simple, — le départ et l'absence de son mari, pendant deux heures, — avait causé à Hermangarde un incroyable serrement de cœur. Et pourtant elle n'avait pas voulu s'y opposer! A une autre époque (elle disait déjà à une autre époque!) elle eût murmuré câlinement le mot « Reste! » et il serait resté. Quand il l'embrassa au moment de partir, elle ne lui fit rien entendre et il partit, disant que bientôt il serait de retour, car Barneville est si près! Il ne pouvait l'emmener. Elle était malade des commencements d'une grossesse dont elle doutait encore, il est vrai, et le

médecin lui avait défendu toute espèce de
fatigue. D'ailleurs il tombait un peu de brouillard.

Elle était donc restée seule sur la causeuse, veuve de lui, au coin du feu, sa place
accoutumée, le théâtre d'une intimité si tendre et de ce drame muet si triste qui incessamment s'y mêlait. Courageuse, elle prit
son aiguille et sa broderie et elle essaya de
vaincre, par l'application au travail, les attendrissements qui la surmontaient. Elle baissa
son front, gros de rêves, sur ses mains
royales de beauté qui soutenaient son frêle
ouvrage... Mais bien loin de distraire la
pensée, les travaux des femmes la concentre. A qui les a parfois observées quand
elles semblent le plus perdues au sein des
patientes et fragiles difficultés d'une reprise
à faire ou d'une fleur de feston à achever, il
est aisé de lire à pleines pages, dans leurs

mouvements et dans leurs poses, bien des
poëmes de douleur cachée, de riant espoir,
de secret désir. Le visage incliné échappe,
mais les mains parlent. Elles ont des façons
si rapides ou si languissantes de tirer l'aiguille ou vers leur sein ou de côté ; elles ont
des manières de couper leur fil, étourdies,
rêveuses, abandonnées, résolues, péremp-
toires, impérieuses, cruelles, encolérées,
hésitantes, tremblantes, adroites comme la
finesse, maladroites comme l'émotion ! Pour
qui a le sens de ces révélations infaillibles,
il est évident que ce n'est pas dans ces délicats chiffons qu'elles cousent ou coupent,
mais dans leur âme. Hermangarde ne trouva
donc point dans son ouvrage ce qu'elle y
cherchait. Elle aurait dû le savoir. N'y avait-
il pas dans le boudoir gris et rose de la rue
de Varennes un tapis dont toutes les fleurs
brodées pendant ses derniers jours de jeune

fille, avaient été autant de préoccupations
d'amour?... La Marquise appelait, en riant,
ces fleurs, dans le cœur ouvert ou fermé
desquelles sa petite-fille avait versé tant de
pensées : *les Acrostiches de M. de Marigny.*
Le même fait, mais aujourd'hui douloureux,
se produisait avec l'exactitude d'une loi.
Hermangarde fuyait ses pensées et elle les
fixait devant ses yeux, sous chaque point
d'aiguille. Aussi les attendrissements aug-
mentèrent. De grosses larmes qui ne passaient point sur les tremblantes rondeurs
des joues, à cause de l'inclinaison de la tête,
tombèrent de ses cils sur ses mains et sur
son feston. Elle oublia de les essuyer. D'autres revinrent, puis d'autres encore... Enfin
n'y voyant plus, entraînée, vaincue par le
flot montant de ce déluge de larmes, elle
laissa choir ses mains mouillées sur ses genoux, renversa sa tête sur le dossier de la

causeuse et s'abandonna à cette crise de pleurs, — comme certains oiseaux se mettent à boire, quand ils ne sont pas observés.

Voilà donc comme les bonheurs finissent ! Elle resta longtemps dans cette nerveuse pâmoison de larmes, mais la nuit venant plus vite à cause du brouillard qui s'épaississait au dehors, sa femme de chambre étant rentrée préparer une lampe, elle voulut lui cacher l'état affreux de son visage et elle alla appuyer son front brûlant sur les vîtres de la fenêtre. Elle trouva que la moiteur glacée de la vitre lui faisait du bien. Elle regarda s'*il* revenait, mais elle ne put en juger. Le brouillard s'élevait sur la grève au-delà du hâvre. Il couvrait Barneville et les Rivières et s'interposait comme un mur d'albâtre gris, inscrutable à l'œil. Seulement entre le hâvre et le manoir, on pouvait encore discerner les objets et apprécier les distances. On voyait plusieurs bateaux à sec, à différents points de la grève. Les gros temps des jours précédents les avaient forcés à relâcher dans l'anse de Carteret et ils attendaient le retour de la marée qui devait les remporter. Parmi ces bateaux qui tigraient le sable jaune de la noire couleur de leurs carènes, il y en avait un plus beau et plus fort que les autres et qu'Hermangarde prit de loin pour un brick. Il n'était pas couché à moitié sur le flanc, attendant la lame qui le redresserait, mais il se tenait debout et droit, comme s'il eût été sur ses ancres, dans le hâvre plein. Plusieurs personnes l'entouraient et on avait allumé un grand feu, à trois pas de son tillac. Quel était ce vaisseau? Que faisaient ces personnes entrevues confusément dans le brouillard et les premières ombrées de la nuit? Hermangarde voulut aller jusque-là au-devant de Ryno.

Le vaisseau en question n'était pas très loin
de la porte de la grande cour. Le froid, d'ailleurs, dont elle éprouvait la bonne influence
à son front qu'elle appuyait contre la vitre,
enlèverait à ses yeux la cuisante inflamma-
tion des larmes et empêcherait Ryno de voir
qu'elle avait trop pleuré. Elle prit sa pelisse
et sortit avec Titania, car Marigny avait
emmené Titan.

Le spectacle qui l'avait attirée était im-
pressif et presque étrange, quoique la côte
dût en voir souvent de pareils. Elle ne s'était
point méprise. Le vaisseau qu'elle avait devant elle était bien un brick d'une structure
élégante et robuste. Deux matelots, en ja-
quette grise et en camisole rayée, étaient
alors occupés à enduire de goudron sa forte
carcasse, qui avait souffert de la pointe aiguë
des brisans. Le goudron bouillait, épais, vis-
queux, dans un chaudron posé sur un trépied

que léchaient et couronnaient les flammes
d'un feu de planches pourries et de douvelles
de vieux tonneau. Un mousse, assis par terre,
entretenait ce feu qui rayonnait dans le
brouillard embrâsé et rougeâtre et y jetait
comme des éclaboussures de lumière. Autour de ce foyer, en plein vent, il y avait
plusieurs personnes, dans des attitudes diverses, assises ou debout, — badauds de la
côte, pour qui l'apparition d'un brick étran-
ger était un évènement. Elles devisaient li-
brement entre elles, pendant que les matelots et le mousse, ignorant la langue qu'on
parlait autour d'eux, remplissaient leur tâche
en silence, avec une gravité digne du pavillon qui les couvrait. C'était le pavillon espagnol.

Madame de Marigny resta un instant en
arrière, pour regarder et écouter le groupe
circulaire, si fantastiquement éclairé.

XI

La blanche Caroline.

— Par sainte Barbe, Capelin, mon ami,
— disait le père Griffon, notre connaissance,
— y avait-il longtemps que nous n'avions eu
dans notre hâvre un voilier aussi crâne que
ce gaillard-là !

—Eh ! père Griffon, ça vous émoustille?…
répondit le pêcheur de crabbes auquel il
parlait ; vieux Triton à la veste graisseuse,

comme s'il l'eût trempée dans de l'huile de
poisson, et qui était assis sur sa hotte, couverte de varech humide, — que diriez-vous
donc si vous l'aviez vu filer ses nœuds sous
un bon vent, comme j' l'avons vu c'tte nuit,
Pierre le Caneillier et *mai* (1) à la mer mon-
tante? J' pêchions le lançon sous les dunes.
J' l'avons aperçeu d'vant Jersey qui venait
vers Carteret, serrant ses voiles. Il allait
l'enfer! Je *crayons* qu'il se briserait, comme
une faïence, contre les récifs de la falaise,
mais il a passé net entre les phares et gagné
le haut bout du hâvre, comme un bruman (2)
qui monte la nef de l'église, le jour de ses
noces, et pourtant il s'était caressé les côtes
sur les brisans et il avait des avaries dans
ses agrès.

(1) *Mai* pour *moi.* Inutile de dire que nous écrivons
comme les paysans normands prononcent.

(2) *Bruman,* — le fiancé, — le mari de la bru.

— Bah ! répondit l'ancien matelot. Qu'est-
ce que deux ou trois écorchures, par-
ci par-là, sur une pareille quille? — Et il y
posa sa large main, comme s'il eût caressé le
poitrail d'un animal vivant. — Ah! fit-il avec
enthousiasme, que Notre-Dame de la Déli-
vrande soit bénie pour avoir permis au vieux
Griffon de voir encore, avant d'être aveugle
tout-à-fait, un navire qui lui rappelât son
ancien temps, quand il manœuvrait à bord
de l'*Espérance,* sous le grand bailli de Suffren.

— Eh! eh! père Griffon, il n'y faisait pas
noble, — reprit d'un ton gouailleur le pêcheur de crabbes en se servant d'une expression familière au vieux marin quand il
racontait ses longues histoires à la veillée.

— Non, répondit le matelot, il n'y faisait
pas noble ! C'étaient de rudes temps.
Mais on était jeune. On avait des yeux qui

voyaient comme la lunette d'un capitaine, et la main sûre. Faire la guerre, trimer sur les mers avec cet enragé de Bailly, valait mieux encore que d'être échoué sur le sable comme un vieux loutre qui crèvera un de ces matins.

— J' *crais,* — dit alors un mendiant, tout courbé par l'âge et allongé sous sa besace, lequel poussait de temps en temps les douvelles enflammées, sous le chaudron, du bout de son bâton ferré, — que depuis la Blanche Caroline, on n'avait pas vu de *vaissiau* des mers de par delà, dans le pays?

— Ne parlez pas de la blanche Caroline, vieux rôdeur! — répondit, avec un sentiment de terreur très sincère, le pêcheur à la hotte que Griffon avait appelé Capelin. — Il faut que je pêche c'te nuit à la mer basse, et je ne m'soucie pas de la voir se lever dans cet infernal *buhan* (1). Ça porterait malheur

(1) Brouillard, en dialecte normand.

à ma pêche, et je ne prendrais pas une étrille (1) qui fût tant seulement bonne pour le déjeuner des servantes d'un cabaret.

— Elle hante donc toujours la côte ? — fit le porte-besace qui habitait dans les terres.

— Tiens, c'tte question ! — dit le pêcheur de crabbes. Puis se ravisant : Mais que j'*sis* bête ! reprit-il. C'est vrai, mon *bonhoûmme*. Vous n'êtes pas d'ici, que je pense. Vous v'nez jusque de Saint-Maurice.

— Nenni dà ! — répliqua le pauvre. J'*sis* de Sortôville-en-Baumont, du Hamet (2) aux Lubèe, tout contre la terre de Carbonnel.

— Eh ben, tout d'même, — dit le pêcheur aux crabbes, — Sortôville-en-Beaumont ou Saint-Maurice ! Quand vous êtes couché dans

(1) Espèce de coquillage de la forme des crabbes, mais sans grosse pince et couvert d'un duvet rude par dessus son écaille. *Étrille* est le mot populaire. On parle ici comme les poissonniers normands et non comme la science.

(2) *Hamet* — hameau.

vot' mazure, vous n'pouvez guère *savair* ce qui se passe dans les mielles de Portbail à Carteret.

— Ah! j'y ons passé ben tard et en toute saison, — fit le mendiant, se redressant sous sa sacoche, avec l'orgueil de son ubiquité de vagabond sur tous ces rivages, — J'y ons passé ben tard, dans vos gueuses de mielles, si mal commodes pour mes pauvres sabots, avec leurs sables mouvants. Mais jamais je ne l'avons rencontrée qu'une seule fois, la Caroline! et ma *finguette!* il y a bien de ça quinze ans... Vère! il y a bien quinze ans, — répéta-t-il en cherchant dans sa vieille mémoire, comme un antiquaire dans quelque parchemin jauni. — Dans ce temps là, *i'g'n'y* avait pas une seule maison sur toute la côte où l'on n'en glosât, de la Caroline. C'était un samedi. Je m'en souviens comme si c'était hier. Je m'en allais à Portbail chercher mes croûtes de la semaine et y coucher pour la foire du lendemain. J'm'étions un peu attardé chez Bonnetard, le boulanger, qui était cabaretier *itou* (1) et vendait du cidre, sans passe-avant, à Barneville. Un royal cidre,—insista-t-il avec mélancolie, — comme je n'*crais* pas en avoir *beu* une chopine depuis! Ah! ce soir-là, le temps n'était pas à la brume comme aujourd'hui. Y faisait clair dans les mielles comme dans un miroir. La lune était aussi jaune et aussi reluisante que les plats à barbe de cuivre qui dansent à la porte de la boutique d'un barbier. J'avais le cœur joyeux. J'n'pensais à rien : car c'était le bon temps. On n'avait pas chance de mourir de faim au fond d'un fossé, comme aujourd'hui, un jour ou l'autre. V'là qu' tout à coup, entre les Rivières et les moulins des buttes Saint-Georges, j'vis *queuque* chose de blanc qui remuait

(1) *Itou* — aussi.

comme un linge dans une haie, et je m'dis à
part *mai :* Serait-ce la Caroline?... Eh ben!
vrai comme j'*sis* un *chrétian* baptisé et que
j'ai nom Loquet, c'était elle ! Elle était haute
et blanche comme une Mille-Lorraine (1)
des lavoirs de Fierville. Elle fit *pique par-
dessus feuille* (2) dans la haie et vint à *mai,*
draite comme v'là mon bâton, — ajouta-t-il
en plantant sa gaule ferrée dans le sablé,
avec un geste d'un pittoresque saisissant.
E'n'me dit mot. *Mai*, je marchais la tête basse
sous mon grand *capet.* J'avais ouï dans ma

(1) Les Mille-Lorraines! superstition du pays. Ce sont des
femmes-fées. Elles chantent la nuit, vêtues de blanc, à genoux, sur la pierre polie des lavoirs. On les y voit, au clair
de lune, placées en cercle autour de l'eau étincelante. Quand
un passant attardé entre dans la prairie où le lavoir qu'elles
hantent est situé, elles l'arrêtent aux échaliers et le forcent
à tordre leur linge ; s'il s'y prend mal, elles lui cassent le
bras.

(2) Expresstion locale. Piquer par-dessus la feuille, probablement.

jeunesse à une vieille fileuse, la grande
Jeanne, qui passait pour avoir bien du *sa-*
vait (1) dans tout Sortôville, qui n'faut jamais
parler le premier aux Revenants si on ne
veut pas mourir dans l'année. J'marchais :
j'marchais, mais elle allait aussi vite que *mai.*
E' n' me quitta qu'aux premières maisons,
sous Portbail. V'là toute l'affaire ! — ajouta-t-il, en jetant par manière de conclusion
un regard sur son auditoire. D'aucuns disent
qu'elle n' d'vise jamais et ne fait de mal à
personne. Pourtant quand on l'a au bout du
coude, on n'est pas à noce, ma *finguette!*
Un vieux Cherche-son-pain comme *mai* n'est
pas bien facile à *épeurer,* mais que le diable
me laboure un champ de navets dans le
ventre, si, tout le temps qu'elle a été là,

(1) Avoir du *savait* (savoir), mot du pays pour exprimer
qu'on a quelque mystérieuse accointance avec le Diable.

j' n'ai pas senti une manière de sueur *fraide* qui mouillait, sur mon dos, jusqu'à mon bissac.

— Qu'est-ce donc que cette Caroline, père Griffon ? — dit soudainement Hermangarde, en sortant de l'épaisseur de la brume, pour entrer au bord du cercle éclairé et en posant sa main gantée sur la lourde épaule du vieux matelot.

— C'est la Dame du Manoir, — la fille à la Marquise, — firent à voix basse et en se clignant les yeux le mendiant et le pêcheur. — Et ils la saluèrent avec le respect sans bassesse d'hommes hardis et vrais.

— Ah ! la Caroline ! ma gentille dame, — dit l'ancien matelot de Suffren, mettant magistralement les mains dans les poches de son paletot de molleton bleu usé et se balançant sur ses jambes, arquées en pinces de homard, comme s'il avait senti

le roulis de la mer sous ses pieds, — la Caroline ! c'était un brick de guerre, comme
celui-ci, qui relâcha, il y a bien longtemps,
dans notre hâvre. Vous dites quinze ans,
vous, l'homme à la besace, et je vous dis,
moi, qu'il y en a plus de dix-sept; car c'était
à l'époque de mon troisième retour de Goa,
et quoique je ne fusse plus alors ce qu'on
appelle un jeune poulet, il s'en fallait de
bien des plumes ! ma bonne femme de mère
vivait encore. Oui, par Dieu ! il y a plus de
dix-sept ans. Ce brick sortait des mers du
Nord et était Danois. Il y avait à bord une
fillette que j'ai vue deux fois avec les officiers à l'auberge du *Marsouin qui fume,* au
haut de la rue de Carteret, où ils venaient
faire leurs sabbats de rhum et d'eau-de-vie
et de cartes à jouer, pendant qu'on réparait
les avaries de ce pauvre brick, à la même
place que celui-ci. Je n'étais alors comme

III.   3

aujourd'hui qu'un vieux loup de mer dont le
maroquin tanné résistait à l'œil des jeunes
filles, qu'un endurci du péché qui avait roulé
sur toutes les mers et dans tous les ports
du monde, mais sur le salut éternel de mon
âme! je n'avais rien vu comme cette jeunesse, et jamais je ne l'oublierai. Je la vois
toujours! Figurez-vous, ma belle dame, une
enfant de seize ans, délicate comme une
perle fine, et blanche comme un albatros;
un chef-d'œuvre du bon Dieu, quoi! une
mince quenouille d'ivoire comme en font les
marins à Dieppe, frêle et fragile à casser
dans la main qui l'aurait touchée un peu
fort. Ce n'était pas fait, voyez-vous? pour
aller avec des marins, gens d'acier et de
corde, qui, hors la discipline, crient, blas-
phêment, se saoûlent, se battent, et, sauf
votre respect, font l'amour comme les bêtes
les plus indomptées de ce monde déchu!

Pauvre Caroline !... les officiers et tout l'équipage l'appelaient du nom de leur bâtiment. Qui sait ? c'était peut-être leur bâtiment qu'ils avaient appelé comme elle. Toujours est-il, pour en finir, qu'ils avaient sculpté à leur gaillard d'avant une blanche figure qui ressemblait à la sienne... qui avait l'air de s'ennuyer à labourer éternellement les vagues, de la pointe de son sein, autant qu'elle à écouter leurs propos ivres, dans la fumée des pipes et la flamme du punch ! Non, elle n'était pas faite pour aller avec des marins, et cependant elle y était ! A bord, ils étaient presque tous fous d'elle... Ils étaient comme ensorcelés de cette pauvre tombée de neige qu'ils emportaient sous toutes les latitudes comme un échantillon de leur pays. Elle ! elle n'aimait personne, pas même le capitaine. On disait qu'elle avait le mal du pays. Un soir, c'était le jour de la Vierge, un

vent chargé de pluie avait soufflé toute la
journée ; le brick radoubé et sur ses ancres,
nous entendîmes de loin des cris terribles.
On s'égorgeait à bord pour la pâle enfant.
Le capitaine, forcené de jalousie contre un
officier de son bâtiment, l'avait provoqué à
un duel à mort. Ils se battirent dans l'entre-
pont, aux flambeaux, et avec des haches
d'abordage. « L'officier, — me dit un matelot hollandais qui servait sur le brick et que
j'avais connu dans les temps à Java, — fut
haché comme un arbre dont on abat, branche par branche, toute la membrure, et
quand il ne resta plus de lui qu'un tronc
pour tout cadavre, cet enragé de capitaine
mit le pied dessus et se mit à le doler avec
sa hache d'abordage, comme un charpentier
dolle une poutre. » Par l'âme du Diable ! ce
capitaine avait tout les démons de l'enfer
dans le ventre, car deux jours après il fit por-

ter nuitamment par des nègres qu'il avait ramenés de Virginie, la blanche Caroline à la côte, et malédiction sur eux et sur lui ! ils eurent le cœur de l'y ensabler toute vivante.

— Ah ! quelle horreur ! — fit madame de Marigny révoltée. — Et à quel endroit de la côte ont-ils, les monstres ! enterré cette malheureuse jeune fille ?

— C'est ce qu'on ignore, dit le père Griffon. Cette nuit-là, les douaniers dirent qu'ils n'avaient rien entendu ni rien vu dans les grèves, mais si de pauvres gens y avaient caché un ballot de contrebande, les sacrés gabelous seraient bien sortis de leurs maudits trous de blaireau ! Moi et bien d'autres que moi, nous avons longtemps cherché la place où ils l'avaient ensablée. Nous n'avons jamais pu rien découvrir. Voilà pourquoi, dit monsieur le Curé, elle revient, à certaines époques de l'année, demander une tombe en terre sainte. Pour ce qui est du brick qui s'appelait comme elle, il mit à la voile et partit par la marée du lendemain. On n'en a jamais entendu parler. —

..... Mais Hermangarde n'écoutait plus le père Griffon. Son attention était saisie par quelque chose de supérieur au récit pathétique du vieux marin. Elle avait, en s'approchant du grouppe rangé autour du feu, aperçu, au pied mêmè du brick, une personne qui la regardait avec une expression singulière et qui était assise sur un paquet de cordes enroulées. Cette personne, elle l'avait prise d'abord pour quelque officier de l'équipage, chargé de surveiller le travail des matelots. Son corps délicat (à ce qu'il semblait) comme le corps mince et juvénile d'un Aspirant, était enveloppé, du col aux pieds, dans une espèce de cape grise, aux

plis froncés, et sa tête était recouverte de la
casquette de toile cirée, nouée sous le menton, que portent les officiers de marine à
bord. Cette coiffure un peu sur l'oreille,
cette mine grave, indolente et soucieuse, entrevue dans l'ombre et dans la vapeur du ci-
garre ; ce teint où un sang noir, largement
empâté de bile, écrivait à grands traits qu'il
appartenait à la même race que ces matelots,
fils hâlés du soleil qui goudronnaient leur
bâtiment ; ces vagues moustaches, fumée de
plus dans la fumée, reflets de velours aux
bords de la lèvre, et ce regard d'un noir profond qui décochait parfois un éclair du fond
de ses ténèbres, tout cet ensemble fit, pendant un instant, illusion à madame de Marigny. Elle se rappelait pourtant confusément ce tragique visage. Où l'avait-elle vu?
Elle l'avait aperçu, il est vrai, dans la voiture de madame de Mendoze, le temps de

passer sur le pont de la Haie-d'Hectot. Elle le rencontrait ici sous une coiffure d'homme, caché à moitié, et à moitié éclairé. Comment pouvait-elle le reconnaître? Elle ne le reconnaissait pas. C'était un souvenir vague et voilà tout. Il traversait comme un rayon pâle l'attention qu'elle prêtait au père Griffon et à ses recits. Malheureusement, lorsque le matelot finissait son histoire de *la Caroline*, Titania qui avait tracé de longs circuits dans le brouillard, comme tous les chiens, captifs longtemps, puis lâchés tout-à-coup au grand air, revenue auprès du feu devant lequel se tenait Hermangarde, alla se jeter avec une joie convulsive sur la *cape grise*, qui impatientée de ses folles caresses, fit un geste impérieux et cria à la chienne, d'une voix pleine de colère, ces mots espagnols que Titania sembla comprendre. mais qu'Hermangarde n'entendit pas.

— Afuera, perro di diablo, afuera ! —

Et sa main s'était levée. La cape, dérangée par ce mouvement, s'entr'ouvrit et madame de Marigny put apercevoir cette robe à carreaux écarlates qu'elle avait vue flotter sur la Vigie. — « Titania ! — fit-elle avec une voix surprise et déjà pleine d'angoisse, — Titania ! » Mais Titania s'était couchée aux pieds de son ancienne maîtresse, sourde à la voix qui l'appelait, immobile, presque révoltée. Croira-t-on ce détail? Madame de Marigny qui ne savait pas d'où venait Titania, eut le cœur percé de cette désobéissance. Elle crut que ce qui était de la fidélité encore dans ce noble animal, toujours fidèle, se tournait pour elle en trahison.

— Père Griffon, — dit-elle, émue, foudroyée, mais encore assez maîtresse d'elle-même pour baisser la voix et entraîner le ma-

telot à l'écart, — savez-vous quelle est cette
femme qui est assise sur un paquet de cordes
là-bas?

— Cela! — dit Griffon avec l'étonnement
que lui causait la demande de madame de Marigny, — vous ne la connaissez donc pas, et
pourtant tout le monde la connaît déjà dans
les environs. Ah! ce n'est pas la blanche
Caroline! c'est la *Mauricaude des Rivières*,
comme l'appellent les enfants de là-bas. On
la connaît pour Espagnole depuis que ce bâtiment est arrivé, car elle a parlé espagnol
aux matelots; et moi, qui ai ramassé un peu
de la langue de tous les pays sur toutes les
côtes, j'ai entendu qu'elle leur a dit qu'ils
étaient compatriotes. Avant l'arrivée du
brick, je ne savais pas ce qu'elle était plus
que les autres, quoique je visse bien qu'elle
était de loin et des pays chauds, car le soleil
lui a écrit sur la face un diable d'acte de

naissance plus aisé à lire qu'à effacer.

— Eh! que fait-elle aux Rivières, — dit Hermangarde dont la curiosité haletait, — et comment y est-elle venue?...

— C'est ce qu'on ignore, — dit tranquillement le père Griffon. — Il faut qu'elle soit venue par les terres, car il y a déjà du temps qu'elle se retire chez les Bas-Hamet de la Butte, et à l'exception du brick que voici, nul bâtiment que les côtiers n'est entré au hâvre depuis l'équinoxe de septembre. Quant à ce qu'elle fait, c'est tout de même. Nul n'en sait rien. D'aucuns assurent qu'elle a l'esprit un peu dérangé. Souvent on la rencontre esseulée sur les grèves. Quelquefois elle va à la pêche avec les poissonniers des environs. Ils la prennent sur leurs coquilles de noix, et elle leur campe pour leur peine de royales rations d'eau-de-vie et de tabac. Je vous laisse à penser s'il leur en faut davan-

tage ! Du reste, elle n'est pas gênante en mer.
Ils m'ont dit souvent qu'elle était assise des
heures au roulis comme la v'là sur ces câbles
pliés, ne parlant jamais à personne et fumant
toujours. —

Madame de Marigny se rapprocha du
cercle que sa présence avait rendu silencieux. Les renseignements du vieux Griffon
n'avaient fait qu'enfoncer un peu plus cette
pointe de curiosité aiguë comme un stylet de
verre qui s'est rompu dans la blessure, et
que, depuis la scène de la Vigie, elle n'avait
jamais pu arracher de son âme sans arracher
de son âme avec. Par un de ces âpres mouvements naturels aux êtres qui souffrent et
dont les condamnés à mort ont quelquefois
donné l'exemple en s'absorbant dans la contemplation désespérée de l'instrument de
leur supplice, elle vint regarder avec une
horrible avidité cette femme sombre comme

une menace, cette nuée pleine de foudre, qui
devait lui éclater sur le cœur. Elle se rappela
alors nettement qu'elle l'avait vue, qu'elle
était passée un jour, rapide, mais distincte,
dans le coupé de madame de Mendoze, auprès de cette femme expirante qui mourait
des coups de Ryno. Elle se souvint du trouble
qui l'avait saisi, lui.... à cet aspect.... de
ce galop, aiguillonné par des préoccupations
terribles, qu'il avait fait prendre à son cheval
en sortant de Barneville... Exaspérée par ces
souvenirs, elle s'insulta intérieurement avec
une ironie cruelle d'avoir cru bêtement à
l'influence d'un fantôme, quand, à côté de ce
fantôme près de s'engloutir dans la tombe, il
y avait une femme qui vivait. Son beau visage traduisait bien tous les dévorements de
son âme. Elle était pâle, contractée, frémissante. Ses yeux bleus éclairés d'une expression qu'ils n'avaient jamais eue, — cette es-

pèce d'yeux qui sont si terribles, quand il
s'allume dans leur azur le phosphore des
cruelles colères, — tombaient, par-dessus le
feu qui flambait entre elles, sur cette femme
mystérieuse qu'elle haïssait d'une haine inexplicable, et qui, pour toute réplique, lui renvoyait un de ces longs regards indolents,
tranquilles, endormis dans leur lumière
noire, comme les tigres parfois nous en jet-
tent de leur oblique prunelle d'or. C'était
un effroyable duel que ces deux regards !

Tont-à-coup le hennissement d'un cheval
retentit et un homme sortit de la brume.

— V'là M. de Marigny qui arrive ! dit le
père Griffon.

C'était lui, en effet. Il avait reconnu sa
femme. Il arrêta son cheval tout court derrière elle, et il eut bientôt embrassé, d'un
tour de regard, les matelots travaillant autour
du navire, à la lueur du feu allumé sous la

chaudière de goudron ; le mousse, le pêcheur, le mendiant, le vieux marin de Suffren, — et, à l'ombre du bâtiment dressé sur
sa quille, Vellini, assise, qui fumait. Marigny,
de son cheval sur lequel il avait la pose du
soldat romain qui regarde le martyre de
saint Symphorien, dans le magnifique ta-
bleau d'Ingres, avait tout vu et tout craint,
car il s'agissait aussi d'un martyre.

— Quelle folie, dit-il à sa femme, pourquoi
êtes-vous sortie et venue jusqu'ici par un pareil temps ?

— Je m'ennuyais tant d'être seule et je
suis venue vers vous, — répondit-elle en levant vers lui sa belle tête marbrée des larmes
versées tout le jour, en lui montrant ces
joues d'opale, où il y avait comme un sillon
noir qui partait des yeux, et qui tremblaient
de mille sentiments reprimés.

— Vous avez raison, ajouta-t-elle profondément, j'ai eu tort de sortir et j'en suis punie.

— Vous êtes donc plus souffrante? — reprit Marigny avec une émotion dont il ne montra que la moitié. — Il faut rentrer vite, mon amie. Montez ici, ce sera plus tôt fait que d'aller à pied. —

Et il se pencha vers elle en lui tendant la main. Elle la prit, et appuyant son pied sur le pied de son mari, elle s'enleva vers lui avec la légèreté d'un oiseau et s'assit sur le devant de la selle, entourée de ces bras qu'elle aimait tant à sentir autour de sa taille; enfant encore par ses sensations de jeunesse, quoiqu'elle fût femme par ses douleurs! Sa tête s'appuya à cette poitrine dont elle aurait voulu ausculter le cœur et dont elle espionna les battements. Avec son teint inanimé, dans les plis gonflés de sa pelisse bleue, elle avait si bien l'air d'une sainte Vierge tombée de

son autel, que cette vue toucha les matelots.

— Ah ! dit le père Griffon, j'avons p't-
être eu tort de raconter à madame de Marigny l'histoire de la Caroline. Une jeune dame
comme elle, c'est plus sensible que de vieux
requins comme nous.

— Non, mon brave père Griffon, ce sera
le froid qui l'aura atteinte et indisposée, —
dit Ryno qui l'enveloppait avec amour, re-
doublant les plis de la soie autour d'elle, la
veillant comme son plus cher trésor. —

Le cheval partit.

— Eh ! eh ! monsieur de Marigny, sifflez
donc vos chiens ! cria le père Griffon. —

Hermangarde avait bien remarqué qu'ils
ne suivaient pas. Titan culbutait Titania et se
roulait à son tour, avec des transports d'allé-
gresse, sur les pieds de l'impassible Vellini.

Le sort lui devait encore ce coup-là, et

elle le reçut d'une âme déjà pleine qu'une dernière goutte d'amertume doit faire déborder. « Les chiens mentent donc moins qu'un homme? » pensa-t-elle, hérissée de fierté sur ce sein agité, sans doute, mais qui n'était pas celui d'un traître.

Marigny siffla de colère. Les chiens suivirent le cheval lancé et tout disparut dans le brouillard.

XII

Le Fetfa d'une sultane longtemps favorite.

A quelques jours de là, — le temps était à la neige, — M. et madame de Marigny se trouvaient assis en face l'un de l'autre, dans un des appartements de leur manoir de Carteret. C'était une salle à manger, vaste et sonore, dans laquelle ils achevaient silencieusement de déjeuner. Hermangarde, en robe de soie grise, buvait du thé dans de la

porcelaine de Saxe avec autant d'indiffé-
rence qu'elle eût avalé du poison. Elle était
décidément malheureuse. Elle ne croyait
plus à Ryno, et quoiqu'elle eût la discrétion
de ses doùleurs, cette incrédulité, née de
tant de doutes, avait pourtant transi ce qui
leur restait d'intimité tiède encore. Ils s'aimaient et ils étaient froids. Marigny, dont
l'âme agitée retombait aussi sur elle-même,
avait ouverte devant lui une de ces cassettes
en racine de buis, qu'on appelle *caves,* toute
pleine de flacons de cristal de roche tailladé,
à bouchons d'or. Depuis une heure, il se
versait avec cette âpre avidité que compren-
dront ceux qui souffrent de ces essences par-
fumées dont un alchool meurtrier est la base,
et que tous les êtres, tourmentés par leur
pensée, adorent, parce qu'elles enivrent et
qu'elles tuent, — deux bonheurs, toujours à
la portée de notre main !

Cette salle à manger, pavée de marbre ar-
doise, avec ses deux fontaines, aux vasques
profondes, eût été glaciale par le temps qu'il
faisait, si un grand poêle de porcelaine
blanche n'eût été allumé et n'eût répandu
à l'entour la chaleur matte et alourdissante
du charbon dans la tôle rougie. Rien de plus
triste que cette salle bâtie pour cinquante
convives, et dans le désert de laquelle, ce
matin-là, on en comptait deux. Les murs,
blancs comme ceux d'un sépulcre, étaient
verdis aux angles par la bise marine qui avait
soufflé dans les jointures des fenêtres de ce
manoir, si longtemps inhabité. Ils étaient
couverts de quelques cartes de géographie et
de portraits de famille, noirs, austères, en-
fumés de vétusté; restes d'une magnifique
galerie, détruite par la Révolution. Cette
Bourrèle, qui ne se contenta pas de couper
le cou à des milliers d'hommes, le coupa

aussi à des portraits et à des statues. Elle
avait donc déchiré ces archives peintes de la
famille, et faussé d'une barre homicide le
blason fait homme des de Flers. Il n'existait
plus à Carteret que quelques vieilles images
de ces générations de plusieurs siècles. La
marquise, en revenant de l'émigration, avait
fait transporter les portraits de la galerie
dans la salle à manger du manoir. Revenants
majestueux du passé, ils étaient là, plusieurs
encore, avec leurs mines hautaines, les uns
vêtus de daim ; les autres d'acier, la poitrine
ornée de ces ordres qui représentaient de si
grandes choses, la main à l'épée ou sur le
bâton fleurdelisé du commandement. Par un
hasard singulier, les deux extrémités de
cette ligne d'ancêtres, brisée par la Révolution, s'y rencontraient face à face. On y
voyait, le casque à moitié fermé, cet Al-
maury de Flers, banneret sous Louis IX, et

qui sauta le premier de sa galère cypriote
dans la mer, au rivage de Ptolémaïs ; et auss
Hector-Sylvain, marquis de Flers (le dernier
et le mari de notre marquise), peint à douze
ans, dans un cadre ovale et sur un fond bleu
de ciel, en habit blanc, poudré de rose, les
cheveux épars, joli comme un cœur, et déchirant à beaux ongles les pages de son ca-
téchisme, — faute digne du fouet et qu'on
peignait alors parce qu'on la trouvait charmante, et qu'elle était bien plus la faute du
siècle que de l'écolier. Elle n'a depuis rencontré son égale dans les étourderies humaines que la stupidité généreuse qui fit sa-
crifier, en 1789, à Mathieu de Montmorency,
ses descendants et ses ancêtres, et pla-
cer, par un imbécille et criminel stellionat,
ce qui ne lui appartenait pas, — ses titres
de noblesse, — sur l'autel de la Patrie.

Ils étaient donc là, nos deux époux, dans

cette large salle, imposante de tristesse, avec ses hautes poutres et ses murs verdis. Ils y étaient, sous l'œil fixe de ces sombres portraits, moins sombres qu'eux. Qui les eût vus ainsi, — séparés par la table ronde, — préoccupés, sérieux et mornes ; l'une buvant son thé d'une lèvre inerte, l'autre engloutissant la flamme du rhum d'une lèvre fébrile, aurait bien aisément compris que leur lune de miel était finie.

Les domestiques s'étaient retirés, leur service achevé, sur un signe de leurs maîtres. Des deux fenêtres de la salle, on pouvait prolonger son regard sur la neige qui couvrait les dunes, et dont les flocons obstinés pleuvaient dans la mer où ils disparaissaient fondus. Cette mer, toujours un peu verdâtre, agitée, houleuse, semblait plus glauque par le contraste de toutes ces blancheurs sur lesquelles déferlaient les vagues en silence,

comme sur un mol édredon fait par quelque
Fée du duvet de ses goëlands. La salle du
manoir, ainsi que le visage de M. et de madame de Marigny, était frappée de cette espèce de clarté blafarde qui ne vient pas du
ciel, mais des neiges tombées, et qui éclaire
les objets comme par en dessous. Ils n'en-
tendaient, — et même l'entendaient-ils? —
que le bruit du feu comprimé dans le poêle,
et de temps en temps, — quand le vent les
leur apportait, — les sons douloureux d'une
cloche lointaine, qui sonnait pour les morts.

— Ah! — dit Marigny, rompant le premier
le silence, après avoir vidé son verre, — il
avait bien raison d'aimer ces alchools qui
nous réchauffent et qui nous soulèvent, sir
Reginald Annesley! —

Ce nom prononcé disait assez de quel côté
penchait sa pensée. Il lui jaillit des lèvres

comme s'il se fût parlé à lui-même et qu'il
eût été seul.

— Qu'est-ce que sir Reginald Annesley,
mon ami? fit Hermangarde. Je ne vous en
ai jamais entendu parler. —

Il la regarda surpris, comme s'il eût oublié
qu'elle était là. — Ah ! — dit-il avec ce faux
sourire qui veut être gai quand on souffre,
— c'était un baronnet anglais que j'ai connu
dans ma jeunesse, et qui buvait, tous les matins, un baril de cet excellent rhum pour relever ses nerfs.

— J'espère, — répondit-elle avec un vague
sourire qui renfermait et montrait aussi de
tristes pensées, — que les vôtres ne sont pas
assez abattus, mon ami, pour trouver bon et
imiter un pareil exemple. Il fallait qu'il eût
beaucoup souffert, votre baronnet, pour se
dégrader dans de pareils excès.

— Peut-être, dit Ryno, oui, peut-être

avait-il souffert! Qui connaît le fond de
la vie? Qui peut dire : « Ce qu'on voit
dans cet homme, ce qu'il y a dans cet
homme, c'est tout son destin? » Ah! celui-
là, c'était une puissante créature, un de ces
lutteurs qui étoufferaient le mauvais sort
dans leurs bras terribles ; un de ces êtres que
Dieu pétrit avec ses deux mains, quand il lui
plaît de les tirer de son chaos. Je l'ai vu et
bien vu en face, — reprit-il en faisant avec
son couteau de dessert le geste d'ajuster un
pistolet, — il avait de la vie jusque dans les
ongles, et pourtant il lui fallait tous les jours
de ces breuvages enflammés pour empêcher
son sang de bitume de croupir dans ses larges veines. Mais oui! oui... qui peut dire
qu'il n'avait pas souffert, qu'il ne souffrait
pas? et que cette force de lion n'eût pas quelque part sa blessure?... —

Et il retomba dans sa lourde rêverie.

Mais Hermangarde avait bien compris cette clameur d'une âme qui étouffe et qui saigne, et qu'il venait de lancer. Ce qu'il avait bu embrâsait sans doute sa pensée, mais il n'y avait pas en lui que les misérables ferments des breuvages matériels... Il y en avait d'autres qu'il puisait silencieusement, depuis une heure, à la source vive du passé. Oh! qui a touché à ces nectars terribles a bu la soif elle-même, comme les damnés en buvant leur feu liquide dans leur coupe de feu solidifié.

Pauvre Hermangarde! Elle voyait bien qu'il souffrait et elle n'y pouvait rien. De tous les rois qui perdent leur couronne, celui qui doit en souffrir le plus, c'est l'Amour!

— Eh bien, Ryno, lui dit-elle après un silence, pensez-vous toujours à sir Reginald Annesley?... —

Affondré dans les abîmes du souvenir, il baissa la tête et ne répondit pas. Il se versa un verre encore de cette liqueur forte et pourtant perfide qui, pour l'oubli qu'on y cherche, teint de son or toutes les perspectives de la vie qui n'est plus, afin que nous les aimions et les regrettions davantage.

Elle fut frappée au cœur de ce geste muet. Il lui disait trop qu'il y avait dans l'âme de son mari des espaces parcourus par d'autres qu'elle, — avant même qu'elle sût qu'il y avait un Ryno! Une douleur vaguement ressentie jusque-là, se précisa cruellement dans ses sensations. C'était la douleur d'avoir épousé et d'aimer un homme plus avancé que soi dans la vie ; un homme qui, comme le Dante, est déjà revenu du Paradis et de l'Enfer ; qui a senti, vécu, aimé, alors qu'on n'était qu'une enfant, roulée dans les langes d'une nourrice ou une adolescente, somnolant dans les limbes de l'impuberté.

Elle ne répéta point sa question restée sans réponse et le silence se replaça entre eux. Une bouffée de vent apporta plus nettement contre la fenêtre les sons de cette cloche lointaine qui sonnait, dans un coin de l'horizon, pour les morts.

— Comme on sonne! dit-elle avec mélancolie. Est-ce aux Rivières ou à Saint-Georges?...

— Non, madame, — répondit un domestique qui apportait une lettre à M. de Marigny. C'est à la Haie d'Hectot, nous a dit le pêcheur Capelin qui vient d'arriver à la cuisine. Madame la comtesse de Mendoze est morte hier.

— Morte! la comtesse de Mendoze! — s'écria Hermangarde, devenant pâle et regardant son mari, qui aussi pâlissait.

Par un mouvement céleste de délicatesse féminine, madame de Marigny se leva et gagna le salon, les yeux en larmes. « Qu'il la pleure, — se dit-elle, — car elle meurt pour lui. Mais je ne veux pas qu'à cause de moi, il dévore ses larmes, s'il en a encore à lui donner. Ah ! je l'ai bercé sur mon cœur et je sais qu'il a une nature généreuse. Ce qu'il me cache, ce qu'il éprouve, tous les silences, toutes les dissimulations de sa vie actuelle, ne le prouvent-ils pas ?... Ce n'est pas sa faute si je vois à travers ses efforts inutiles. Hélas! je ne suis pas plus aimée que vous, maintenant, madame de Mendoze. Si je vous ai fait souffrir, vous êtes bien vengée. — »

Et elle s'assit sur la causeuse, sa tête défaite dans ses mains, et pleurant comme toutes les femmes pleurent, car les plus beaux yeux de la terre, ont été créés, à ce qu'il semble , bien moins pour voir que pour pleurer.

Elle y resta longtemps, — mais comme il ne venait pas la rejoindre, moitié crainte et moitié pitié, elle retourna dans la salle où elle l'avait laissé, et elle le trouva à la même place, ne buvant plus, le front dans sa main et blanc comme la nappe qui couvrait la table. Une mortelle angoisse se moulait dans la contraction de ses lèvres et de ses sourcils. — Il ne l'aperçut pas dans la porte entr'ouverte , car alors il ne regardait plus qu'en lui, et ce qu'il contemplait fascinait, sans doute, son rayon visuel. Quoiqu'il s'attendît depuis longtemps à cette mort de madame de Mendoze, il n'en était pas moins accablé. Les désordres de sa vie n'avaient jamais desséché son âme. Il n'était point de ces hommes qui passent follement leurs bras épris autour d'une créature vivante pour les

en détacher un jour et n'y penser jamais
après. Il n'oubliait pas. Quelque chose de
triste comme le regret, d'exalté et de reli-
gieux comme la reconnaissance, consacrait
dans son cœur d'invisibles mausolées aux
amours qui n'existaient plus. C'était cette
disposition d'une âme profonde que le monde n'avait jamais entrevue, (car le monde
prend souvent le genre d'esprit qu'on a pour
le caractère qu'on n'a pas) c'était cette disposition tenue secrète qui créeait à Vellini sa
fatalité. La physionomie de Marigny, d'ordinaire si calme dans sa poétique fierté, semblait terrassée, tant elle était assombrie ! On
ne reconnaissait pas, sous cette main crispée,
ce front auquel le bonheur et l'amour avaient
attaché un diadème plus beau que le cercle
de lin, étoilé d'émeraudes, qu'y portait avec
ivresse, Sardanapale, ce type royal des hommes heureux quelques jours ! La physiono-

III.   5

mie de Ryno rappelait la grande et saisis-
sante expression écossaise : on voyait qu'il
avait été foulé aux pieds par le taureau
noir. Etre foulé aux pieds par le taureau
noir, c'est souffrir de la mort d'un autre qui
vous touchait, c'est avoir senti sur soi le
poids du Destin. Hermangarde qui l'aimait
comme les martyrs aiment le Dieu pour lequel ils souffrent, ne put voir l'isolement de
son Ryno, sans éprouver ce généreux sentiment des belles âmes qui l'emporte sur toutes les situations. Elle vint à lui près de la table où il était assis, et lui prenant la tête entre ses deux bras et contre son sein :

— Tu souffres, Ryno, lui dit-elle, et tu
n'appelles pas Hermangarde ! Est-ce que
de tous les chagrins de ta vie, — quels qu'ils
soient, — tu ne lui dois pas la moitié ?

— Hermangarde, — répondit-il, attendri
par la divine pitié de sa femme, — tu es aussi

noble que belle et aussi bonne que tu es, aimée. —

Et d'assis, il lui prit la taille, à elle, debout, avec la passion qu'une âme troublée mettrait à embrasser un autel.

— Aimée! dit-elle, suis-je vraiment aimée? Et elle lui darda un de ces regards d'aiglonne de tendresse qui voudraient lire jusque dans les derniers replis, dans les dernières poussières du cœur.

— Pourquoi en douterais-tu, — répondit-il, — ô ma vie? Ah! oui tu es vraiment, sincèrement, saintement aimée. Jamais depuis ton premier regard jusqu'à cette heure, je n'ai cessé de t'adorer. Si j'ai souvent regretté les jours passés avant de te connaître, si j'ai jamais souffert d'avoir été dans la vie une seule minute sans t'aimer et sans vivre de toi au fond de mon cœur, que les ombres *du passé sans toi,* ne t'atteignent pas, ma bien-aimée, quand tu les vois projetées sur mon front et pesant sur ce cœur à toi, car, **vois-tu**? parfois elles y pèsent. —

Il était vrai en lui tenant ce langage. N'était-ce pas du passé qu'il souffrait? N'était-ce pas contre le rêve du passé que se débattait la réalité de son bonheur?... Seulement quand il en parlait ainsi à sa femme, ce n'était pas à madame de Mendoze qu'il pensait, mais à Vellini.

Et comment n'y eût-il pas pensé, alors? Elle venait de lui écrire et sa lettre était sur son cœur. C'était cette lettre que le pêcheur Capelin avait apportée et que le domestique venait de lui remettre, il n'y avait qu'un instant. La nouvelle soudaine de la mort de madame de Mendoze avait empêché Hermangarde de remarquer ce détail. Mais lui, aucune émotion n'était assez forte pour l'empêcher de reconnaître ces caractères

jetés sur le papier par la Malagaise et qui
ressemblaient aux zigs-zags d'un éclair fixé.
Ni sentiment, ni évènement n'aurait pu l'empêcher de distinguer dans les plis de cette
lettre, apportée par un poissonnier et macu-
lée par sa main squammeuse, l'odeur si
longtemps familière à ses sens ; le **parfum**
respiré autrefois dans les vêtements, dans
les draps du lit, dans les cheveux , dans **la
peau d'une femme** et qu'elle y avait laissé
tomber de sa main brûlante, en écrivant :
arôme d'elle, tant il avait été mêlé à elle !
senteur humaine où la substance de la femme
tenait plus de place que l'autre substance !
Pendant qu'Hermangarde était restée dans
le salon , il l'avait lue, cette lettre, ou plutôt
il l'avait bue par les yeux, à force de la lire
vite avant que sa femme ne rentrât. Ces
lignes , tracées avec du sang, — car Vellini
n'avait point trouvé d'encre dans la cabane

des pêcheurs, où elle s'était retirée, et pour
en faire, elle s'était piquée une veine avec
l'épingle de ses cheveux, — la voix qui s'en
élevait était si puissante qu'elle fit taire tout-
à-coup, pour Ryno, ces cloches lointaines,
qui sonnaient sur son cœur la mort de madame de Mendoze.

« Ryno, Ryno, — disait la lettre, — voilà
plusieurs jours que tu es tranquille! Voilà
plusieurs jours, que la Vellini, — ta louve
amaigrie, — n'a rôdé dans les environs du manoir! Elle était à la Haie d'Hectot. La comtesse plus mal l'y avait mandée et cette comtesse y est morte avant-hier soir, à la nuit.
Elle a passé en lisant une millième fois une
de tes vieilles lettres, tandis que le prêtre
récitait dans un coin de la chambre les priè-
res des agonisants. Le dernier mouvement
de sa main convulsée a fait tomber cette
lettre à mes pieds. Je l'ai ramassée et détruite

à la flamme de la chandelle des morts qui
continuait de brûler... *Pobre muger !* L'au-
ras-tu damnée comme tu l'as tuée ? Fatal
Ryno ! fatal à nous toutes ! prends-tu aussi
la vie éternelle ?... J'ai détruit toutes les autres lettres qu'elle avait de toi, ce poison
dont elle prenait tous les jours... Ah ! que je
voudrais brûler de même toutes les paroles
que tu dis maintenant à ton Hermangarde.
Que je voudrais, de tout ce que tu as jamais
aimé, ne faire qu'une seule cendre où plus
tard on retrouverait vivants et entrelacés,
les deux anciens amants, Ryno et Vellini !
Cela sera, cariño. Tu ne le crois pas, mais
moi, j'en suis sûre. Seulement ta femme est
si belle, que d'ici là peut-être, le temps qui
passera sera bien long !

    « Et c'est cette attente qui me tue, Ryno !
Tu sais toi, ô mes ardentes années, si ta
muchacha a été créée pour attendre. Ma

mère idolàtrée, cette femme de feu qui a fait
mon corps et mon âme, n'a pas dressé son
faucon pour rester sur le poing d'une inerte
destinée à se dévorer de désirs. Je ne veux
pas de ce supplice. Je l'ai abrégé en venant
vers toi. A Paris, je t'attendais trop ! Ici du
moins, s'il faut attendre la fin d'un amour
périssable (il l'est, puisque le nôtre a bien
péri !) je te verrai ; je t'entendrai ; je ne serai
pas entièrement rejetée de ta vie. Je resser-
rerai chaque jour davantage le cercle au
fond duquel nous serons plus tard réunis. Ne
fronce pas tes sourcils, Ryno ! Qu'est-ce que
Vellini te demande ? rien que te voir ! rien
que te voir, comme à Paris, où tu venais tous
les soirs, rue de Provence, pendant ton
amour pour cette comtesse que voilà morte
et aussi, pendant ton autre amour, pour ta
femme, alors ta fiancée.

« Ne me résiste pas, Ryno ! que crains-tu ?

ne suis-je pas restée muette et calme, l'autre jour, — le jour du brouillard, — en face
de la femme que tu aimes? Ai-je cillé, même
en la voyant dans tes bras, sur ce cheval qui
vous emporta tous les deux…? Et pourtant
tu m'as ainsi portée, comme tu la portais,
bien des fois dans *notre* jeunesse. Tu n'y
pensais pas. Tu lui mettais toute ta pensée
autour du corps dans les plis étreints de sa
pelisse. Il n'en restait ni pour Vellini, ni pour
nos souvenirs. Moi, seule, j'y pensais en vous
regardant, et l'image des jours passés levée
tout-à-coup dans mon âme, n'a pas fait
trembler mon *cigarro* dans mes lèvres. Je
suis demeurée impassible. L'âme de ma
mère m'aura soutenue. Que crains-tu donc de
ta *muchacha?* Je ne suis pas une de tes femmes de France, Ryno. Je ne déchirerai pas
le cœur d'Hermangarde. Non, je ne frappe-
rais pas son bonheur du bout de mon *abani-*

nico (1) *!* Je suis si sûre qu'il doit mourir !
Jamais de moi à toi, *hombre,* il ne m'échap-
pera un mot amer ou moqueur sur cette
femme qui porte ton nom et qui t'aime. Si je
t'aimais avec la furie d'autrefois, je serais
capable d'un coup de couteau, mais toi qui as
couché si longtemps sur ma poitrine, tu sais
si je voudrais d'une perfide insinuation ou
d'une ironie. Ces lâches façons d'assassiner
ne sont pas dignes de la fille de ma mère.
Ainsi, Ryno, ni profanations, ni impruden-
ces ! tu n'as rien à craindre de Vellini.

« Pourquoi donc ne me verrais-tu pas?
Pourquoi m'éviterais-tu, comme tu l'as fait
toujours, depuis le jour de la Vigie?... Pourquoi me laisserais-tu mourir, toi qui es bon,
malgré ton orgueil, sur cette plage où je me
traine à toute heure, croyant vainement t'y

_____

(1) Éventail.

rencontrer ?... Ah! Ryno, toi, tu as dans tes
bras une femme que tu aimes comme tu m'as
aimée. Tu es bien heureux! Mais moi, ta
vieille maîtresse, ta vieille aigle plumée par
la vie, qui a fermé l'empan de ses aîles, j'ai
croisé mes bras sur mon sein abandonné où
nulle tête ne se mettra plus. Eh bien, cette
idée que je suis seule, — seule, là où vous
êtes deux, affolés comme nous l'avons été
l'un de l'autre, ne te remuera donc pas, une
seule fois, le cœur, Ryno? Ah ! je te l'ai souvent entendu dire avec une générosité qui
me semblait belle : est-ce que tout est fini,
quand l'amour n'est plus? Sur cette falaise
où je t'ai revu, même en me repoussant, ne
m'appelais-tu pas ton amie ? et qu'est-ce que
je te demande aujourd'hui, Ryno, qui soit
plus que de l'amitié?

« Oui, je veux te voir en attendant que tu me
réviennes, et je jure que je te verrai ! N'exas-

père donc pas *ta violente*. Ne me fuis plus. Tu
serais cause de quelque folie qui mettrait
peut-être en péril le bonheur de ton Hermangarde. Songe à cela, cariño! Tu connais la
volonté de Vellini. Tu connais ce front *mé-
chant et bombé*, comme tu disais, qui se baisse
et heurte l'obstacle, dût-il se briser en
éclats tout en le heurtant! Prends-y garde.
Ne le défie pas. Ils m'ont dit aux Rivières que
ta femme avait besoin d'une fille de chambre.
Si j'allais prendre les habits de Bonine Bas-
Hamet (une pêcheuse d'ici qui est de ma
taille), et si j'allais m'offrir à ta femme, qu'en
dirais-tu? Vellini, la fière Vellini, devenue la
servante de madame de Marigny, seulement
pour te voir! uniquement pour te voir! Que
ferais-tu, Ryno? Lui dirais-tu qui je suis! Ah!
peut-être le devinerait-elle!... L'autre soir,
auprès de ce feu allumé par les matelots de
mon pays, elle m'a couverte de ces regards

chargés et brillants de soupçon, comme
nous en avons entre nous quand nous devi-
nons nos rivales; mais qu'importe ! je joue-
rais ce jeu pour te voir. Ma mère m'a dit
souvent, dans mon enfance, l'histoire de
cette jeune fille que la comtesse de Policas-
tro avait fait murer vive dans son alcôve,
parce qu'elle l'avait surprise dans sa glace,
souriant à son mari pendant qu'elle la désha-
billait. Je ne crains pas le sort de cette jeune
fille. Vellini n'est pas une de ces faibles
créatures qu'on puisse enterrer dans un mur
comme un oiseau auquel on a coupé le
bec, les griffes et les ailes, ou ensabler
comme cette *blanche Caroline* dont ils nous
parlaient l'autre soir. Mais elle le serait,
Ryno, qu'elle s'exposerait à cette destinée
pour voir de loin, sans y toucher et en silence, ce front qui a tant dormi contre son
sein. Voir, c'est avoir, dit la chanson bohé-

mienne. Quand je te verrai, je t'aurai, Ryno.

« Hélas! je ne sais point écrire pour te persuader ces choses, vraies comme moi, cariño. Je ne sais point envoyer, à la manière de tes Françaises, dans les plis d'un papier léger, de petits morceaux de ma pensée, enfilés les uns au bout des autres comme les grains de mon collier de corail. Je suis Espagnole et presque Maure. Ma pensée, c'est tout moi, c'est tout mon être, et je te l'ai longtemps écrite sur le cœur avec une encre inéffaçable. O Rynetto! que je l'y lise encore. Si le temps en a fait pâlir les caractères, que j'y repasse de cette encre rouge qui est ma vie et avec laquelle je t'écris. Vois-tu! c'est un sort. Le sang qui a scellé notre union se retrouve partout, et doit teindre tout entre nous. Ici, dans cette cabane de pêcheurs, ils n'avaient rien qui

servît à écrire. Je me suis piqué la veine où
tu as bu, et je trace ces mots à peine lisibles,
avec l'épingle de mes cheveux , sur cette
feuille détachée d'un vieux missel. Reconn-
aîtras-tu ce sang qui t'appelle, qui crie vers
toi sur ce papier, comme il crie au fond de
mes veines , brûlantes , lassées , infiltrées de
la bile d'un mortel ennui ? C'est comme le
mal du pays, ce que j'éprouve. Dix ans avec
toi, n'était-ce pas une patrie que j'avais dans
ton cœur ?... Tu m'en as chassée. Je suis
partout une étrangère, et j'ai le marasme de
l'exil. Ryno , je t'attends ce soir au Bas-Hamet des Rivières. Viens pour une heure ,
mais viens ! Rafraîchis-moi les yeux de toi.
Étanche-moi le cœur d'un peu de toi ! Je te
le demande par nos dix ans, et par notre
Ninette , ce lien d'amour et de mort, par ce
doux enfant perdu et qui dort là-bas si
tranquille au bord de la mer italienne,

quand celle qui l'eut de toi, délaissée par toi, se tord d'angoisse, aux âpres bords d'une autre mer! Ryno, tu n'es pas encore père par Hermangarde. Tu l'as été par Vellini. C'est au nom de ce dernier avantage que j'ai sur elle, et qui va passer comme tous les autres, que je te demande de venir! » —

Telle était cette lettre bizarre, digne de l'être qui l'avait écrite. Çà et là, elle était semée sur les marges d'emblêmes de passion tourmentée, d'hiéroglyphes de fidélité fauve et voluptueuse, comme les prisonniers, dépravés par l'ennui et la solitude, en tracent parfois sur les murs de leur prison. On a trouvé, à ce qu'il paraît, des lettres d'Henri VIII à sa maîtresse Anne de Boleyn, au bas desquelles il y avait de ces folles fantaisies d'une plume éperdue de passion et d'ennui, dans l'absence. Par un caprice de cette tête heurtée qui rencontrait naturelle-

ment la poésie à force de sensations, Vellini
avait brûlé les coins de sa lettre comme les
Klephtes brûlaient le bout de leurs fiers bil-
lets aux Pachas, quand ils voulaient les me-
nacer d'incendie. Dans la lettre de Vellini,
cette trace noire d'une flamme éteinte était-
elle aussi une menace, ou l'expression sym-
bolique d'un âme à moitié consumée?....
Chaque mot, du reste, qu'elle avait tracé
d'une main, ivre d'ardeur solitaire, Marigny
l'entendait dans son souvenir, animé des ir-
résistibles intonations de la voix connue, et
la voix réveillait en lui ces échos de sa vie
qui ne dormaient jamais et qui grossissaient
toujours. Épouvanté de la pensée que l'œil
soupçonneux d'Hermangarde pouvait s'arrêter sur l'ardente supplique de Vellini, il
l'avait cachée dans sa poitrine ; mais son
front qui disait les tortures du souvenir, il
n'avait pas pu le cacher. Hermangarde l'a-

vait vu. On sait si elle en fut touchée.

Elle était toujours devant lui dans le désordre du matin, de l'insomnie, des larmes
et d'une grossesse dont les symptômes s'é-
taient précisés et qui menaçait d'être ora-
geuse. Elle n'était lacée qu'à moitié. Sa robe
grise, chiffonnée par toutes les poses de
l'inquiétude, et désagraffée des épaules
comme si elle n'eût pu résister à toutes les
palpitations qui venaient gonfler son corsage; le chignon d'or de ses cheveux mêlés
qui tombaient richement sur sa nuque aux
reflets d'orange, ses grands yeux cernés
d'outre-mer, ses bandeaux crevés sur ses
joues d'une pâleur épaisse, tachés çà et là
de plaques ardentes, révélaient en elle des
souffrances d'âme et de corps qui l'avaient
déjà trop mûrie. A travers ce fard terrible
et meurtri que lui attachait la douleur, on
devinait la fermentation d'organes malades

et l'échauffement fiévreux des tenaces pensées. Elle écoutait Ryno d'un air plus ivre
que confiant, et le cœur enflammé de son
sourire s'éteignait dans une espèce d'égarement sombre, — comme un œillet rouge
qu'on tremperait dans quelque âtre poison
noir pour le faire mourir. Elle entendait la
voix de son mari lui dire si tristement qu'elle
était aimée, lui répéter (mais avec des accents si étranges et qu'elle n'avait jamais entendus) des paroles qu'elle eût mieux aimées
seules, car, *seules*, elles l'avaient persuadée.
Maintenant elles ne la persuadaient plus.
Elles n'avaient plus que la force de l'avoir
naguère persuadée, mais c'était un talisman
encore... Il la tenait toujours dans ses bras
comme il l'y avait prise, et faisait ainsi à ses
reins puissants une ceinture fermée qu'elle
ne cherchait pas d'ailleurs à briser. Il avait
le visage à la hauteur de ces flancs si

purs, tendus déjà sous les influences de la
grossesse, comme la voile qui se tend à la
brise avant de complètement s'arrondir, et
nulle pensée de volupté ne s'élevait en lui
quand il sentait respirer contre son front et
sa bouche ce beau corps, abri douloureux
de tant de mystère; cet être doublé et pal-
pitant d'un autre être qui commençait à se
mouvoir dans le doux et chaud chaos du
sein maternel. Ce n'était alors pour lui qu'un
tiède berceau où dormait la vie dans la vie !
Tout-à-coup un vague tressaillement surgit
du fond de cet abîme humain où l'homme a
jeté la vie que Dieu fait lever. Ils en eurent
tous les deux conscience, et elle qui doutait
de tout, qui souffrait de tout, croyant qu'elle
rattacherait, qu'elle relierait l'amour de
Ryno autour de son cœur avec ses entrailles
maternelles :

— Jure-moi par *lui* ou par *elle,* — dit-elle

avec une intention qu'il comprit, — que tu
m'aimes toujours autant que le jour de notre
mariage?

— Je te le jure ! — répondit-il en déposant
sur la ceinture de sa femme un long baiser
qu'elle sentit couler jusque dans les entrailles
où dormait ce fruit de leur amour, par lequel
elle lui demandait de jurer.

Et ce ne fut point un parjure ! l'Amour ne
manquait pas à Ryno de Marigny. C'était le
passé dont il avait trop.... et qui dans son
cœur revenait, haut comme la mer sur la
plage qu'elle a quittée. Ce serment prêté sur
son sein, et plus à la mère qu'à la femme
aimée, donna, pour quelques instants, à Hermangarde, encore une sensation de bonheur.
Mais hélas ! ce fut la dernière.

XIII

L'infidélité de la Fidélité.

Le village des Rivières, — dont il a été si souvent question dans ce récit, — est placé à une très courte distance de Barneville, entre cette bourgade, un peu plus enfoncée dans les terres et les sables de ces vastes grèves. De la côte, on remonte aux Rivières par des petits chemins de sable mouvant, creusés au milieu de champs d'orge, de chanvre ou de

froment, ou bien en suivant la lisière de ces
champs fermés d'échaliers. Digne d'être
chanté par un poète comme Burns, ce village
ne ressemble pas plus à Carteret, la blanche marine, qu'une coquille de moule ne ressemble à une coquille de nacre. Il consiste en
une rue mal pavée, à maisons basses, cou-
vertes d'un chaume bruni par le temps ou
verdi par la pluie ; éclairées d'une fenêtre en
petit plomb, ou par une ouverture pratiquée
dans le haut des portes cintrées. Si parmi ces
chaumières d'une si humble égalité entre
elles, vous en trouvez une ou deux qui se
haussent jusqu'au luxe d'un premier étage,
et dont les vitres renvoient les feux du soleil
couchant à travers les bras tordus et le
feuillage jauni d'une maigre vigne , soyez
sûr qu'elles appartiennent à quelque capitaine *au long cours* qui a réussi dans ses pa-
cotilles. Ce sont les suzeraines de l'endroit,

Du reste, comme tous les villages dont l'aglo-
mération est difficile et lente, les Rivières ne
tiennent pas toutes dans ces deux lignes de
maisons basses. Elles ont des dépendances
éparses, grouppées çà et là sur différents
points, et l'une de ces dépendances est le hameau appelé Bas-Hamet par les riverains
(parce qu'il est situé plus bas que les Rivières
vers la côte) où s'était retirée Vellini.

A l'époque où se produisaient les évènements de cette histoire, l'apparence de ce
hameau était bien triste et bien chétive ; qui
sait ce qu'il sera devenu depuis? On y comptait, au plus, cinq ou six cabanes, formant
équerre dans un coin de haie ou de grève,
abritées contre le vent de la mer par une butte
revêtue d'herbe courte et semée de joncs.
C'était dans ces chaumières et derrière cette
butte, — au sommet de laquelle on avait
planté un bâton d'où pendait un bouquet de

houx, pour dire aux promeneurs du dimanche et aux matelots en relâche sous Carteret,
qu'on vendait du cidre aussi bien au Bas-
Hamet qu'à Barneville, — que vivaient pêle-
mêle plusieurs familles de poissonniers. Et
comme ces familles ne frayaient guères
qu'entre elles, il y en avait deux du même
nom, dont l'une, pour se distinguer de l'autre,
avait pris le nom de ce hameau solitaire, et
n'était plus connu à la ronde que sous la dé-
nomination de Bas-Hamet. Ces Bas-Hamet
étaient les hôtes de Vellini. Ils lui avaient cé-
dé pour une faible somme sa part de cabane
séparée par un mur sous le même toit qu'eux,
et porte à porte avec la leur. C'était là qu'elle
vivait, la Vellini. Singulière dérive de la Destinée! La fille des balcons voilés de Malaga
n'avait plus pour distraire la rêverie engourdie de ses longs yeux noirs, que la vue éternelle du varech accumulé devant les portes

de ces chaumines, et qui mêlé et trituré
avec le sable, produit un engrais excellent,
disent les laboureurs de ce pays. Quand le
temps était beau, elle y voyait jouer de petits
enfants aux jambes nues pendant que leurs
pères écaillaient et lavaient leur poisson sur
la pierre du seuil, et que les mères ou les
sœurs aînées étendaient leur lessive à la haie
du fossé voisin. L'hiver, elle n'y voyait personne. Qui hante ce pays oublié? La mer le
connaît mieux que les hommes. Deux fois
par an, aux grandes marées, elle y vient, jetant ses écumes par-dessus la butte , comme
une femme en colère qui jetterait ses coiffes
autour d'elle ; battant aux volets, se coulant
sous les portes, — et, comme le racontait
cette langue de métal, la maigre Charline, la
femme du vieux pilote Bas-Hamet, — dépen-
dant sa marmite de la crémaillère, et montant jusque dans le lit où dormait son homme,

aussi tranquille que dans son hamac. Certai-
nement des populations moins rudes auraient
reculé devant ces invasions périodiques, et
eûssent abandonné un lieu exposé à des visi-
tes humides d'un caractère si dangereux,
mais eux, non. Dès leur bas âge, ils s'étaient
accoutumés à ces trains de la marée aux
équinoxes. Leur berceau, comme celui de
Moïse sur le fleuve, avait été mis en branle
par la lame qui avait joué avec, et qui l'avait
respecté. Dès qu'ils avaient pu se tenir debout,
on les avait poussés à la mer. C'était dans la
mer qu'avaient grandi les cheveux ondés de
leurs jeunes filles. C'était dans la mer que s'é-
taient lubréfiés les muscles durcis de leurs
jeunes garçons. Leurs yeux pers en avaient retenu l'éclat verdâtre, et leurs dents, cette
blancheur d'écume dont elles éblouissent,
mais qui ne dure guère plus que le temps mis
par le flot à déferler. Comme les phoques, ils

vivaient encore plus dans le flot que sur la terre. La mer, c'était l'âme de leur vie. Ils étaient
hardis avec elle et ils en souffraient avec
sourire, — comme on souffre tout quand on
aime, — les terribles familiarités.

Le jour où Marigny avait reçu la lettre apportée par Capelin au manoir, Vellini revenue de bonne heure de la haie d'Hectot,
n'était pas ressortie. La neige qui tomba
abondamment une grande partie de la journée, l'avait traquée dans sa cabane. Elle y
était restée, l'œil fixé sur une horloge grossière à poulie, qui sonnait les heures avec un
bruit éclatant, et dont le balancier de cuivre
large et rond comme un disque antique,
oscillait contre le mur blanchi à la chaux.
Les dandys du cercle de la rue de Grammont
ne se doutaient guère que la Vellini, — cette
fameuse *muger del partido* de la rue de Provence, — comptait alors misérablement les

heures dans une chaumine de pêcheur, au
bord le plus ignoré de l'Océan. Elle se demandait si Ryno cèderait aux implorations
de sa lettre? Viendrait-il le soir comme elle
l'en priait? Avait-elle encore la voix qui per-
suade? Cette incertitude et la mort de madame de Mendoze dont elle avait été témoin,
et qui influait aussi sur elle, étendaient à
son front une couche de pensées plus noires
que la nuit. « Qu'est-il donc arrivé à la *mauricaude?* — avait dit à sa mère Charline,
cette rieuse jeune fille, aux joues arrondies,
Bonine, dont Vellini avait parlé dans sa lettre.
— Elle est rentrée ce matin, la figure renversée et l'air sournois comme la mer quand elle
va grincer aux brisans. » Cette mystérieuse
étrangère dont le teint et les yeux annon-
çaient une origine lointaine, saisissait l'imagination naïve des filles de ce rivage. Bonine
qui remplaçait un peu Oliva auprès de Vellini,

était en perpétuelle curiosité et observation
quand il s'agissait de cette maigre Espagnole,
dont la vie oisive différait tant de tout ce
qu'elle avait pu voir et observer jusque là.

Elle alluma un grand feu de fagots, pour
la señora, dans la grande cheminée de sa
chaumière. Avec ses poutres mal taillées et
ses murs blanchis, c'était une espèce de
grange que cet appartement pauvre et nu.
Pour tous meubles, il y avait la grosse horloge à poulie, et un bahut en chêne que le
temps et la mer avaient poli comme un miroir. Vellini y avait renfermé toutes ses atti-
feries de femme, ses robes, son linge, d'insé-
parables bijoux qu'un jour on lui avait ap-
portés de la Haie d'Hectot. On y voyait encore
deux chaises grossières, un escabeau à trois
pieds et un lit propre, mais dur, déployé à
bas, sur l'aire et c'était tout. Les hôtes atten-
tifs de Vellini avaient voulu lui donner leur

grand lit carré, à courtines de serge bleue, mais elle l'avait refusé, et le vieux pilote lui avait arrangé des rideaux avec d'anciennes voiles de vaisseau qui ne servaient plus. Du reste, elle avait suspendu dans un coin, son hamac rose, aux câbles de soie, dans lequel M. de Prosny l'avait si souvent trouvée (comme il l'avait écrit à madame d'Artelles), se balançant au nez des gens, avec les impertinentes langueurs d'une Sultane. Elle avait fait entasser, au coin du foyer, plusieurs gerbes de paille de froment et de colza qu'on lui renouvelait tous les jours, et elle aimait à s'y tenir couchée sous les réchauffantes influences de l'âtre embrasé ou flamboyant. Ainsi, des tuyaux luisants de blé égrené, et des tiges de colza défleuries, voilà comme cette Capouanne de la vie parisienne avait remplacé le lit en satin et la peau de tigre aux griffes d'or.

Ce jour là, elle avait renvoyé Bonine qu'elle traitait doucement d'ordinaire, et à laquelle elle donnait toutes sortes de chiffons qui comblaient de joie la pauvre fille. La Syrène joufflue de ces mers avait raison. La Mauricaude n'était pas dans son état habituel. « Quels pois lui a t-on vendus qui n'ont pas cuit?... » dit la Charline, en se servant d'une expression proverbiale dans ces contrées. Ces simples femmes ne connaissaient rien de la vie de l'étrangère. Elles ne savaient pas qu'elle attendait un homme qu'elle appelait son destin et qui pourrait bien ne pas venir, tant il s'était attaché, agraffé, rivé à la ceinture d'une autre femme, et tant il y avait d'honneur exalté dans son magnanime amour pour elle! C'est une si cruelle chose que d'attendre que Bonine qui avait eu son fiancé Richard, matelot au long cours, séparé d'elle par des milliers de lieues sur les vagues, Bo-

III   7

nine blessée et mécontente de l'air dur de la
Señora, en aurait été touchée de compâtis-
sance si elle l'avait su, et le lui aurait par-
donné !

Étonnées, curieuses, la mère et la fille vinrent plus d'une fois regarder à la nuit tom-
bante, à travers une fente de volet, ce que
faisait la Mauricaude. Elles la virent qui s'é-
tait habillée et restèrent aussi ébahies que
ce fils de Roi, dans les contes, qui regarda par
la serrure de la chambre de Peau-d'Ane, et
qui la vit s'illuminant des reflets changeants
de sa robe, couleur de la lune. La Señora
avait allumé dans la cheminée une de ces
petites lampes qui ont un bec, et qu'on sus-
pend à la muraille avec un crochet, et elle
lissait ses noirs bandeaux avec un petit peigne qui brillait dans sa main comme de l'or.
Elle avait mis une robe singulière comme
jamais Bonine et Charline n'en avaient vu

aux baigneuses de l'été, et aux belles dames
qui viennent prendre les eaux de la Taille au
Prieuré. Cette robe était de satin chamois
avec des nœuds flottants de ruban noir.
Les bras étaient nus avec trois ou quatre sortes de bracelets les uns sur les autres, mais
ce qui frappa plus que le reste les deux curieuses, ce furent les pieds de la Mauricaude.
Ils étaient chaussés de mules moresques d'é-
carlate, chaussure malagaise que la Vellini
aimait à traîner en souvenance de son pays.
Par la position qu'elle avait prise, renversée
sur son banc d'épis vides, sa jupe était un
peu soulevée, et on apercevait, par-dessus la
soie du bas souple qui les couvrait, ces chevilles si fines et si rondes, emprisonnées dans
les mêmes cercles, guillochés d'or, que ses
poignets. Telle elle était, peignant sa tempe
souçieuse, et regardant de temps en temps
dans une petite glace pendue à son cou,

Hélas ! ce n'était pas coquetterie qui la faisait regarder, d'un œil si grand ouvert, au fond de ce miroir presque grossier, encadré dans un étain vulgaire. On eût dit qu'elle y regardait une autre qu'elle. Elle ne s'y souriait pas. Elle avait entre les sourcils la même nuée que le matin, les mêmes plis aux lèvres, les mêmes lourdeurs dans le regard. Sa joue de jonquille semblait peinte, tant le rouge de l'attente l'enflammait ! Malgré sa parure et ses bijoux, elle avait sa laideur boudeuse, triste, rechignée ; cette laideur de lionne qui se fronce et donne un coup de dent au serpent qui la mord au cœur. « Quel dommage qu'elle ne soit pas jolie avec de si beaux ajustements ! » dit tout bas Bonine à sa mère. Elle ignorait, la pauvre fille, qu'il y avait, en cette femme laide, une autre femme, belle entre les belles, qui allait tout-à-l'heure en jaillir.

Les deux pêcheuses se retirèrent du volet, ennuyées de regarder l'Espagnole immobile, à laquelle leur sens borné ne comprenait rien. D'ailleurs la nuit était glacée. Il ne neigeait plus, mais il gelait par-dessus la neige, qui se durcissait et que les pieds crevaient avec bruit. Le ciel se montrait par places bleues, entre des nuages fendus que le vent du nord dispersait. Ils passaient tour à tour sur le croissant de la lune qui semblait courir avec eux dans les airs, comme si, transis par ce temps d'hiver implacable, ils eussent joûté à qui courrait le mieux, dans l'espace immense, pour se réchauffer! Dix heures sonnèrent. Dans ce pays sauvage, c'est la fin de la veillée. Quand elles sonnent, on éteint la lampe, et chacun de gagner son lit. Au timbre de plusieurs horloges qui se suivirent en retentissant, toutes les cabanes du Bas-Hamet perdirent les lueurs qui filtraient

aux jointures des portes et des contrevents,
et qui les bordaient de lumière. Le sommeil
commença pour ces gens de peine. Seul, le
volet de Vellini resta éclairé à sa fente.
Qu'étaient dix heures, sinon l'aurore de la
nuit pour cette habitante des grandes villes ?
Elle avait les yeux toujours fixés sur le miroir d'étain. Tout-à-coup ce qu'elle y vit dé-
plissa ses sourcils, et mit un suave rayon
d'espoir et de joie dans ses lèvres. « Il part »,
dit-elle. Et après le silence d'un instant :
« Le voilà au bout du pont ! » reprit-elle en
essuyant du revers de sa main sa tempe où
perlait une sueur légère. « *Muy bien!* » reprit-elle encore, les yeux pleins des flammes
du triomphe. « Ah ! il vient à moi de toute la
vitesse de son cheval. Pauvre Ryno ! comme
il est pâle ! Est-ce à moi qu'il pense ou bien
à elle ?... » Elle fit une pause : « Où est-il
maintenant ? » se demanda-t-elle, — et son

regard aiguisé, avivé, entrait dans le miroir comme une sonde. — « Sous le chemin qui conduit à Barneville, se répondit-elle ; ah ! dans dix minutes il sera ici ! » s'écria-t-elle d'une voix timbrée comme un cuivre, sonné par les lèvres gonflées de la victoire, — et elle se leva radieuse, prit au bahut un plateau de cristal d'une forme orientale, et alluma des pastilles de rose et d'ambre dont l'enivrante vapeur se répandit dans cette chaumière, qui s'en serait étonnée si elle avait respiré. Un cheval qui tournait entre la haie et la butte s'entendit sur la neige qui criait. Impétueuse, elle ouvrit la porte et siffla entre ses doigts chargés de bagues le nom de Ryno. Il l'avait vue ; il l'avait entendue ; il avait déjà vidé les étriers, et attaché à l'anneau de fer, incrusté à côté de toutes les portes normandes, son cheval en sueur sur le dos duquel il eut soin de jeter son man-

teau. Il vint à elle, et l'arrachant du seuil
glacé où elle se tenait les bras nus, la tête
nue : « Allons, encore une imprudence ! »
dit-il, et il entra.

La porte s'était refermée, et ils s'assirent
sur les gerbes vides. Ryno qui tremblait
d'une émotion sainte, — car il savait bien
qu'il avait tort d'être venu nuitamment à
cette entrevue, pendant le sommeil confiant
de sa femme, — montrait une majesté de
tristesse qui contrastait avec le feu de physionomie de la señora. Il portait contre le
froid un bonnet de martre, — poétique fan-
taisie d'Hermangarde, — et une redingote
d'un vert sombre, serrée à la taille et bordée
de martre comme le bonnet. La jupe de cette
redingote, ondoyant comme la fustanelle
d'un Grec, tombait au genou sur ses bottes
à moitié plissées où reluisaient des éperons
d'acier. Ainsi vêtu, il avait l'air de quelque

mystérieux chasseur des Alpes ou d'un che-
valier des temps anciens , étreint aux
reins dans le tricot de sa flottante cotte de
mailles. Il avait la beauté mûrie d'un homme
qui touche au plus intense de sa force, de sa
passion, de sa pensée, et qui monte lentement vers le midi de sa vie, dans un char de
feu, comme le soleil. Vellini le parcourut
tout entier d'un regard retrempé de jeunesse :

— Le temps ment comme ton mariage,—
dit-elle, — comme l'amour qui meurt et qu
dit : « C'en est fait pour jamais ! » parce
qu'il meurt. Tu es venu, Ryno ! Ce soir, nous
n'avons pas dix ans entassés sur nos têtes.
Tu es plus beau que quand je te vis pour la
première fois, et l'amour mort n'empêche pas
que nous ne soyons ici les mains unies, tout
prêts peut-être à recommencer le passé et
notre amour!

— Tais-toi, dit-il, — tais-toi! Et son œil et son geste avaient un tel empire, qu'elle se tut, la capricieuse et fière Vellini!

Mais après un silence : — Parle, si tu veux, — reprit-il comme un homme lassé de lutter depuis longtemps. — Dis ce que tu voudras. Il n'est que trop vrai. Je suis venu. Je n'ai pu résister à ta lettre. Je n'ai pu résister à ce sentiment du passé, réveillé par toi dans mon cœur, depuis le jour de la Vigie. J'ai cherché à l'y étouffer. Je ne l'ai pu. Jamais dévot ne s'est jeté à l'autel comme je me suis jeté à Hermangarde. J'ai embrassé cette adorable femme, belle comme le jour et noble comme une fille de roi, je l'ai embrassée comme un homme qui sombre, qui sent qu'il s'enfonce dans la mer, embrasse la planche de son salut. Dieu m'est témoin que toi, près de qui je suis maintenant, tu as

été cause de plus de baisers, de plus d'é-
treintes, de plus de tendresses pour Hermangarde que je ne lui en donnai jamais
dans l'indépendance de mon amour. Je me
disais qu'elle était assez belle ; je sentais que
je l'aimais assez pour engloutir dans toutes
les ivresses qu'elle verse au cœur, l'inexorable sentiment du passé, cette magie à con-
tre-sens de la vie, cet atroce mirage auquel
la pensée fascinée s'en revient toujours ! Je
me suis plongé dans son sein. Je me suis caché dans son âme, comme les damnés se
plongent le front dans leurs mains, au fond
de leur enfer, pour ne pas voir Dieu. C'est
insensé. C'est inutile ! Il faut qu'ils le voient.
Il faut qu'ils sentent sa main de braise sur
leur cœur. De même, moi ! Le passé, ce dieu
de ma vie, m'a pris, à poignées, les entrailles
de mon être et ne les lâche plus ! Voilà pourquoi je suis venu, Vellini. J'ai ouï dire que.

dans les batailles, quand les chevaux de noble race sont légèrement blessés au poitrail
par les baïonnettes, un incompréhensible attrait de douleur les pousse à se précipiter
plus avant sur les dards coupants où leur
sang coula et à s'enferrer jusqu'au cœur.
Un mouvement pareil me pousse à toi, Vellini, depuis le jour où je t'ai revue. Tous nos
souvenirs dormaient en moi sous les souffles placides et tout-puissants d'Hermangarde. Je t'ai vue. Tu as remué toutes ces
couches de choses mortes qui se seraient dis-
soutes peu à peu dans ma mémoire, et
comme un enfant qui fait lever la peste pour
toute une contrée, en remuant les boues
d'un marais avec son pied, toi, avec un ap-
pel, sans amour, à la vie passée; tu as semé
la contagion de ton âme dans mon âme et
empoisonné mon bonheur!

— Je sais tout cela, — fit-elle tranquille.

Elle avait posé sa tête sur la poitrine qui venait de rugir cette violente douleur, et après
que tout ce tonnerre eut grondé et éclaté
sur ses cheveux : Je sais tout cela, répéta-
t-elle. C'était écrit. Nous avions partagé la
vie comme une pièce d'or qu'on coupe en
deux pour en emporter chacun la moitié,
mais la vie n'est pas comme ce métal inerte !
— ajouta-t-elle en rompant le peigne d'or
qu'elle tenait à la main et dont elle envoya
les deux bouts sur l'aire, comme s'ils avaient
été les débris d'une baguette de coudrier. — Il
faut que tôt ou tard les deux bouts se rejoi-
gnent ; il faut que les tronçons des cœurs se
rapprochent, ne fût-ce que pour mourir ensemble dans une impuissante crispation ! Tu
as souffert de cette nécessité fatale, parce
que tu croyais que le bonheur donné par
Hermangarde t'enlèverait de terre et aboli-
rait ta mémoire. Mais encore, Ryno, rap-

pelle-toi! n'as-tu pas vu un jour avec moi,
dans les Cévennes, un aigle blessé qui em-
portait sa blessure dans le ciel et marquait
de sang dans les airs le sillon tortueux de
son vol? Ryno, Ryno, voilà ton histoire.
Dans les bras d'Hermangarde, en montant au
plus haut, au plus pur, au plus bleu de vos rêves, tu emportais les dix ans élargis de Vellini
dans ta poitrine, et ni la félicité donnée par
ta femme, ni l'éther, — si l'aigle que je me
rappelle a pu monter jusqu'à l'éther, — ne
devaient guérir, toi, ta blessure, ni lui, la
sienne! Ah! Ryno, c'est en vain que tu as
combattu... Je sais que tu as combattu; —
reprit-elle avec un accent de mystère dans
le regard et dans la voix, — mon miroir me
l'a dit; je l'ai vu. — Et elle lui montra la petite glace d'étain, pendue à son collier de
corail. C'était une glace enchantée; un talisman que la Bohémienne du porche de l'é-

glise de Malaga avait donné à sa mère, en reconnaissance de son aumône. — Tu as combattu contre moi, contre toi, contre le sort, contre le sang! La glace s'est long-temps voilée. Tout y oscillait. Tout y était tourbillon, obscurité, fumées. Mais enfin elle s'est éclaircie. Ce soir, je t'y ai vu, sortant de la grande porte de ton manoir de Carteret, et venant à moi, comme si tu avais eu les deux ailes d'un archange aux épaules, et ton cheval, deux ailes d'hyppogriffe! —

Il sourit en entendant ces folles paroles, mais il la connaissait. Si elle était folle, elle était sincère et la force de la sincérité, c'est la force de Dieu, confiée un instant à des mains humaines. Tout en souriant d'incrédulité, mais d'incrédulité émue, il se pencha pour regarder dans cette glace qu'elle lui tendait, du bout de ses cinq doigts effilés. Il n'y vit rien que la lueur opaque et verdâtre du mé-

1al, mais en se penchant, sa joue toucha la joue veloutée de la Malagaise. Ah ! cette chair connaissait cette chair. Le corps, comme l'âme, a ses ressouvenances. Si les lettres tra- cées avec du sang et figées sur un froid papier étaient entrées chaudes par les yeux de Ryno, pour tomber tièdes sur son cœur, ici le sang n'était plus séché. Il coulait, il circulait, car- min brûlant, derrière sa cloison transparente. Ce choc électrique de deux joues, ce fut l'é- tincelle à la poudre.

— Ah ! je sais bien, — reprit Ryno qui se débattait, — je sais bien que j'aurai des re- mords demain, que j'emporterai tout à l'heu- re de tes côtés le morne dégoût de moi-même, mais pourquoi es-tu Vellini ?... — et déjà, il la regardait ; il se perdait dans ces yeux agrandis, dont l'iris dilaté par la passion ral- lumée semblait avoir envahi, absorbé, la cornée bleuâtre, — comme un feu violent qui lécherait le lait d'une coupe pleine, et en montrerait le fond calciné et noirci.

— Ce n'est pas moi, Ryno ; c'est le sort, c'est le sang ! — reprit-elle lentement, obstinée, aveugle, et avec des intonations si pleines de sa belle voix de contralto, qu'elle réapparut à Ryno, — comme aux premiers jours de leur jeunesse, — une créature mystérieuse, surnaturelle, ayant de l'ombre dans la voix comme elle en avait dans le regard et sur la lèvre, provoquante par ces ombres même, agaçante comme l'Androgyne d'une volupté qui n'a pas de nom.

On l'a vu déjà, c'était là une de ses toute-puissances, et Ryno y avait toujours succombé. D'ailleurs, il espérait sans doute, tout en cédant à cet attrait irrésistible qui la vengeait de sa laideur, qu'en s'y livrant sans nul réserve, il parviendrait à le faire mourir. Le malheureux ! il se disait que tout cela n'é-

tait qu'illusions décevantes de perspective ,
sensations du passé, avivées par la distance,
feux follets d'égarants souvenirs.,... et il la
pressait sur son cœur avec une véritable furie, croyant ne tenir qu'un spectre, croyant
qu'à force de l'étreindre, ce spectre s'évanoui-
rait dans ses bras, et que le charme dont il
était victime serait enfin... enfin rompu! Ainsi
ses transports s'accroissaient du désir de les
épuiser. A ses propres yeux, il était le Spartiate et l'Ilote. L'Ilote s'enivrait pour dégoûter
le Spartiate d'une telle ivresse; mais cruauté
du sort ! au sein de ces bonheurs maudits, le
charme ne se rompait pas. Le fantôme était
une réalité vivante qui résistait à la fureur
de l'étreinte, et qui y répondait, en la rendant, avec d'inextinguibles pâmoisons. L'i-
vresse croissait, mais la satiété ne se dressait
pas du fond de l'ivresse, et l'Ilote ne dégoû-
tait pas le Spartiate. En vain à chaque baiser,

à chaque morsure, il s'attendait à voir tomber morts ses désirs, le long de ses veines
dégonflées ! son front froidir ! sa poitrine s'a-
paiser ! mais le sort, — comme disait la superstitieuse Vellini, — trompait amèrement
son espérance. Plus il se plongeait dans le
lac enchanté des caresses d'autrefois, plus il
descendait dans cette mer de douloureuses
délices, moins il en touchait le fond, — ce
fond de sable auquel il aspirait comme à la
fin de cette coupable volupté ! Il ressemblait
au prêtre égyptien qui voulait voir le néant
de l'Isis, longtemps adorée, et qui lui déchi-
rait, d'une main forcenée, ses voiles de lin et
ses bandelettes. Hélas, à chaque bandelette
rompue, il trouvait un voile miraculeux, et
sous chaque voile déchiré qui tombait, il re-
paraissait une bandelette ; et la déesse toujours invisible, défiait et écrasait l'impie de
sa mystérieuse divinité.

Vellini, du reste, apprenait au sein de ces désordres, combien l'image d'Hermangarde était profondément gravée dans l'âme de Marigny. Car c'était Hermangarde qui se retrouvait au fond de cette expiatrice horreur que Ryno montrait dans ces plaisirs qu'il voulait tarir pour que jamais il n'y en eût plus pour lui de pareils! Seulement ses remords qui ne diminuaient pas son délire, ce sacrifice d'une fidélité qu'il regrettait tout en la perdant, devaient attacher au front de l'Espagnole la couronne de l'orgueil triomphant par-dessus l'autre couronne des désirs heureux. Il n'en était rien néanmoins. Une autre femme que Vellini aurait exprimé, comme un citron piquant, tous les sucs de la vanité satisfaite dans cette coupe où la Volupté leur versait la poussière d'émeraudes de ses plus brûlantes cantharides. Mais elle, cette fille d'un jet si franc ne se repliait pas dans

son orgueil vers Hermangarde, et ne se re-
paissait point, dans sa pensée, des humilia-
tions de sa rivale. L'entraînement de Ryno,
elle ne s'en parait point avec le faste de la
victoire. Elle l'expliquait par les superstitions
de toute sa vie, comme le sauvage explique
l'univers par le Manitou, qu'il emporte roulé
dans son pagne. Elle croyait au philtre qu'ils
avaient bu dans les veines l'un de l'autre,
comme si on avait besoin d'un philtre pour
expliquer les anciens abandons revenus, les
vieux enivrements retrouvés ; comme si le
souvenir de tous ces fruits, mangés dans la
jeunesse, n'était pas assez pour tenter les
lèvres assoiffées, malgré les meurtrissures
du temps !

Mais si peu orgueilleuse qu'elle fût, elle sa-
vourait les transports de Ryno avec des dila-
tations infinies, et elle eût voulu les garder
comme un trésor perdu qu'on retrouve. —

Ah! lui disait-elle, mon Rynetto, pourquoi
donc as-tu l'air si triste en me regardant à
présent? Ce n'est pas ta faute si tu es là. Ce
n'est pas la mienne. Mais dis, n'y as-tu pas
été heureux?... Ah! vois-tu? ce bonheur reviendra sans cesse, tu le retrouveras ici toujours. Le plus difficile est fait maintenant; c'é-
tait le premier pas vers moi qui t'attendais
dans des anxiétés cruelles. Est-ce que je ne
t'ai pas réappris le chemin qui conduit à moi?
Ne te révolte pas, — ajouta-t-elle, car il fit
un mouvement à cette parole comme un cheval qui se cabrerait devant une barrière, et
refuserait de la franchir; —Ne te révolte pas,
cariño! — et elle lui jeta un de ces regards qui
contiendraient un lion; — ne crois pas que je
m'enivre de ma puissance. Si j'ai fait quelquefois des rêves, je les ai toujours brisés
sur mon cœur. Tiens, —ajouta-t-elle en bais-
sant sa voix pleine, — veux-tu que je te conte

le rêve détruit de ces derniers jours ; pauvre chose précieuse que j'ai écrasée, comme j'écrasais toute petite, entre deux cailloux , les perles que ma folle et bien-aimée mère détachait de ses oreilles pour me les donner ?—

Et il la laissa dire dans cette longue contemplation muette dont elle le frappait toujours. Naturelle et bizarre tout ensemble ; enfant, femme, animal, chimère, un composé de tant de choses divinement pétries ; une statuette humaine, faite, — comme la foudre des anciens, — de trois rayons, tordus par la main de Dieu !

Le feu s'éteignait dans l'âtre. La flamme de la lampe s'en allait, maigrissant, contre le mur. La chaumière trempait toute dans l'ombre. Il n'y avait plus d'éclairé par les charbons du foyer et la flamme vacillante que le groupe qu'ils formaient sur les gerbes. Groupe difficile à saisir dans l'ensemble de son con-

tour, sous ces lueurs errantes, coupées d'obscurité, lignes brisées qu'on ne suivait pas
d'un seul regard. Ce n'étaient plus les chastes
poses de l'Amour conjugal que le séraphique
Swedenborg a appelé le roi des Amours, et
qu'il a symbolisé dans les cygnes, les oiseaux
de Paradis et les tourterelles. C'étaient des
attitudes lassées, déchevelées ; des reploie-
ments de corps allourdis. La tête brune de
Ryno était placée plus bas que le sein de
l'Espagnole, qui jouait d'une main avec son
miroir. Était-ce le bras de cette femme qui
liait ainsi le cou de Ryno? ou, car c'était bien
blanc pour son bras, sa svelte jambe souple-
ment passée au dessus des épaules de son
ancien amant, couché vers elle? Une gerbe
d'étincelles rayonnait à l'extrémité de cette
ligne indistincte.... Mais ne portait-elle pas
aux chevilles comme aux poignets des cercles d'or, fermés de pierres précieuses?

Dans le désordre de la robe, étalée là, relevée ici, l'autre pied se retrouvait un peu plus loin sur les gerbes, chaussé de sa pantoufle écarlate, et l'autre pantouffle avait roulé presque au bord du brazier dans la cendre, brillant là, vide et solitaire comme le soulier de verre perdu jadis par Cendrillon.

— Écoute donc mon rêve, reprit-elle après un silence. Tu as vu ce bâtiment espagnol qui est encore sur la plage et qui va mettre à la voile dans quelques jours. J'ai parlé au capitaine, aux matelots. Ils me connaissent tous. Ils sont de Malaga et ils y retournent. Ils m'ont proposé bien des fois de m'emmener avec eux au pays. Ils ne savent pas, Ryno, que je tiens par des racines à cette terre que tu foules, que je suis ton ombre sur cette terre, que la Vellini a la chaîne d'un homme autour du cou. Ils l'ignorent, mais moi, je le sais... et je me disais

que puisque tu dois me revenir comme je te
suis revenue, puisque ton mariage est la noble imposture d'un cœur épris, mais qui se
trompe encore une fois, nous pourrions bien
partir ensemble et nous en aller de ce pays
glacé où les femmes ne croient pas aux sor-
tiléges d'amour, mais à la puissance de leur
beauté toujours trahie, pour vivre, libres et
unis, comme nous avons vécu autrefois. Ah!
quel bonheur alors! quelle jeunesse ressus-
citée! La présence de Ryno sur mes yeux,
le soleil de Malaga sur mes bras, ce soleil
qui m'a doré la peau toute petite, et me l'a
faite comme tu la vois! Ah! cariño, voilà
l'idée qui m'est venue et que j'ai caressée
dans mon sein comme un oiseau qu'il faut
tuer! Car, je me disais que c'était fou —
ajoutait-elle, s'apercevant qu'il avait tres-
sailli sous sa parole, comme si elle l'avait
galvanisé, — je me répétais, pour m'apaiser,

que tu ne voudrais jamais quitter Hermangarde ; que tu ne consentirais jamais à lui
briser le cœur ,... et alors, moi... je brisais
mon rêve sur le mien. —

Eloquence singulière, farouche et tendre, hypocrite et vraie, dont les mots pres-
sés sur ses lèvres, comme les gouttes d'un
orageux fluide, pénétraient Marigny et se
coulaient, dans son être ému , par tor-
rents.

— Mais si nous ne partons pas, — reprit-
elle , incertaine, n'osant croire que le *lazo*
invisible qu'elle lui jetait autour du cœur, y
fut bien noué, — si le brick malagais va
laisser la Vellini sur ce rivage, dis-moi au
moins, Ryno, que nous pourrons toujours
nous y rejoindre, et nous y revoir, de temps
en temps, pour quelques heures, comme nous
l'avons fait aujourd'hui. Ah ! cela , Ryno,
n'est pas un rêve ! En est-ce un ? — fit-elle

avec des modulations d'amour soumis dans
la voix, douces comme les sons renflés d'une
flûte, — et faut-il encore le briser?... Va,
ta Vellini n'est point méchante. Elle ne veut
point t'arracher l'amour d'Hermangarde.
Elle ne veut que toi, par moments, toi, ici,
dans l'obscurité, sans qu'aucun être vivant
le sache, ni Hermangarde, ni le monde, ni
personne! Que ta femme, Ryno, puisqu'elle
est ta femme, ait ton amour et garde son
bonheur, mais, moi, que je t'aie! Que le passé revienne se poser entre nous, chaque nuit
ou chaque jour, pour une heure! Cela sera
assez pour Vellini. Eh bien, tu prendras
toutes les précautions de la tendresse. Tu
surveilleras la confiante sécurité de ta femme, moi-même je deviendrai prudente. Oui,
moi, Ryno, ton impétueuse Vellini! Rien ne
me coûtera. Je changerai mon caractère.
Ah! je voudrais bien qu'il me résistât! Nous

nous cacherons. Pour la première fois de sa vie, Vellini se cachera, dût-elle en étouffer! Elle se cachera comme si elle avait peur. Elle deviendra lâche pour sauver le bonheur d'Hermangarde. On est si bien sur cette côte écartée! J'en sais tous les coins depuis que je la parcours. L'hiver est dur, ta femme est délicate. Elle ne peut plus t'accompagner dans tes promenades. Tu pourras donc sans danger y rencontrer Vellini. La fille du Toréador, — reprit-elle d'un accent plus haut et avec une fierté sauvage qui lui fit secouer ses bras au-dessus de sa tête, — a les muscles de son père et peut défier les éléments! Il n'y a point une dune, pas une anse, pas une grotte des falaises que je ne connaisse à présent, et où je ne puisse t'attendre, quand tu m'auras dit que tu y viendras. Peut-être, ajouta-t-elle avec rêverie, — les femmes des contrebandiers sont-elles venues souvent

aux mêmes lieux attendre ceux qu'elles aimaient et qui voguaient sur la mer. Je ferai
voir à ces rochers une autre femme aussi intrépide, aussi patiente... Pendant qu'Hermangarde dormira en t'attendant sur la soie,
moi, qui t'attendrai comme elle, je ne dor-
mirai pas sur mon écueil. —

Elle s'arrêta. Ryno l'admirait, le visage
tourné vers elle ; esclavé par son charme
qui eût fait croire à la magie. Il la regardait
et l'écoutait, source de vie qui rejaillissait
tout-à-coup quand on la croyait engloutie
et qui recommençait, flots et écumes, ses
bouillonnements éternels. Il buvait au son
de sa voix et au regard de ses yeux. Il s'y
désaltérait de cette longue soif de l'absence
qu'il avait trompée avec Hermangarde,
comme on trompe sa soif, quand on n'a pas
de breuvage, avec la chair fondante d'un
fruit délicieux. Bientôt, comme une ramure

qui tombe sur une source, les ténèbres tombèrent entr'eux. La lampe s'était éteinte. Le vent du nord siffla sur la chaumière, et le cheval, attaché à la porte, hennit et fit un écart de terreur qui sembla ébranler le mur.

— Qu'a mon cheval ? — dit Ryno troublé comme une mauvaise conscience, et ils se levèrent de leur divan agreste, dans la nuit profonde.

— Ce sont les Bas-Hamet qui se lèvent, dit Vellini. Ils nous auront entendus à travers le mur, ou, peut-être, le père va-t-il, cette nuit, pêcher au lançon.

Ils restèrent quelque temps encore dans l'obscurité. Elle chercha à rallumer la lampe, mais n'y parvenant pas, elle prit une poignée de pailles sèches aux gerbes et la jeta sur les charbons du foyer. La flamme se dressa tout-à-coup, et alimentée par le bois de fagot qu'ils y poussèrent, fit rayonner

dans tous les coins de la chaumière sa vive
clarté.

Marigny continuait d'écouter le faible
bruit qu'ils avaient entendu et qui avait ef-
frayé son cheval. Ils allèrent tous les deux à
la porte, l'ouvrirent et regardèrent, du seuil.
Ils ne virent personne. Le bruit ne s'était pas
renouvelé. Le cheval avait encore l'oreille
frémissante et l'œil inquiet, et cependant
tout était calme, silencieux, solitaire. La
lune qui s'enveloppait dans des linceuils de
nuages, retirait ses lueurs blafardes et mou-
rantes. La gelée faisait étinceler les neiges
tombées. Tout était blanc dans l'étendue,
excepté le bouquet de houx pendu au bâton
de la butte dont les feuilles luisantes et fon-
cées n'avaient pas gardé les glissants flocons. La chaumine des Bas-Hamet était plon-
gée dans une paix infinie. Le sommeil l'avait
visitée; et à travers ses murs peu épais et

ses portes mal jointes, on discernait, dans le vaste silence de la nuit, jusqu'aux respirations de ceux qui s'y étaient endormis.

Ils revinrent s'asseoir sur les gerbes. Ryno, qui n'avait encore vu que Vellini, depuis qu'il était avec elle, jeta un coup-d'œil sur cette espèce de grange qui était alors tout l'appartement de cette fille du luxe et des villes.

— C'est donc ici que tu demeures? — fit-il étonné de la nudité pauvre des choses qu'il avait autour de lui.

— C'est ici! répondit-elle avec fierté. Tu vois, Rynetto. J'ai déjà commencé la vie des femmes de ce rivage. Je me suis déjà endurcie. La señora de la rue de Provence; l'Espagnole qui ruinait Cérisy n'est plus. Quand je te dis que tu me trouveras partout sur cette côte, la nuit, le jour, à toute heure, t'y attendant quand tu m'auras dit de t'at-

tendre, je ne me vante pas, Ryno. Je l'ai
déjà fait bien des fois depuis le jour de la
Vigie. J'ai passé bien des heures à l'air du
temps, assise ou errante dans les grèves,
t'attendant toujours, mais tu n'es pas venu.

— A présent ce sera moins dur, ajouta-
t-elle, car tu viendras, n'est-ce pas, cariño? — Et elle lui en arracha la promesse.
Il était attendri de cette rude vie qu'elle menait pour lui, sur ce rivage d'un froid si mortel aux délicatesses d'une fille du Midi. Et
surtout, il était touché, jusqu'au fond de
l'âme, de cette noblesse de cœur qui ne se
démentait pas et qu'elle avait toujours en
parlant d'Hermangarde. Il se répétait qu'a-
près tout, la question, c'était le bonheur de
cette adorable Hermangarde, et qu'il était
encore possible de le sauver !

D'inexprimables langueurs les reprirent
sur ces gerbes où ils s'étaient replacés. Ah !

qui ne connaît pas, après les convulsions du
bonheur nerveux des caresses, cette détente
de tous les organes ; cette lassitude brûlante,
engourdie, qui a aussi sa volupté ?... On dirait
le sommeil de l'opium, se coulant en nous,
membre par membre, et faisant sommeiller
le corps avant que la pensée ait clos sa mystérieuse paupière. Ils l'éprouvèrent alors.
Ils se bercèrent dans ce dormir, les yeux ouverts ; dans ce somnambulisme transparent
des sens, apaisés de jouissances ! S'ils se suspendaient encore l'un à l'autre, c'était d'une
caresse pleine de lenteur, mourante, inache-
vée, une de ces caresses où la rêverie tient
plus de place que les hâtes frémissantes du
désir. Jamais le souvenir de l'amour n'avait
plus ressemblé à l'amour même. Jamais ils
n'avaient mieux compris, ces deux êtres, que
la mémoire des temps écoulés, cœur contre
cœur, avait repoussés, cœur contre cœur,

que de toutes les réalités de l'existence, la plus puissante, c'est la chimère du passé !

Minuit qui sonna au clocher de Barneville et la grossière horloge à poulie « qui jura que le fait était vrai » (1) les tira de leur contemplation rêveuse. Ryno se leva. « Il faut partir, — dit-il avec regret, — il faut retourner au manoir. » C'était ainsi qu'il la quittait, rue de Provence. Et ce soir, comme dans ce temps-là, il lui dit adieu en espagnol ; dans cette langue qu'elle lui avait apprise et qu'il n'avait jamais parlée qu'avec elle, car il eût craint, sans doute, l'impression de ces mots, vidés, comme la coupe du roi de Thulé, de l'amour dont ils s'étaient remplis pour lui, et sonnant, comme une ironie de son bonheur, sur des lèvres indifférentes.

(1) Burns dans *the Brigs of Ayr.*
    The Drowsy Dungeon-clock had number'd two
    and Wallace tower had sworn the fact was true.

Il monta à cheval devant elle. — Je serai ton page, — lui dit-elle avec sa grâce osée, sa grâce de jeune garçon mutin et hardi, — laisse-moi te tenir l'étrier, et elle le lui tint. Il la laissa faire comme une mère, ivre de maternité, laisse faire son souverain d'enfant qu'elle admire. De son cheval, il l'embrassa sur la tête comme s'il y déposait sa pensée. Puis il partit, et, elle le regardant du seuil, il eut bientôt tourné la haie qui était en face de la butte.

C'était une nuit d'hiver rigoureuse, d'un calme morne, d'un silence profond. L'air était fin et le vent piquait. Levée de bonne heure, la lune se couchait de bonne heure. Les premières ombres de son déclin, qui s'en allaient croissant, commençaient à traîner sur les neiges tombées dont elles ne pouvaient amortir le mat éclat. La mer, à la gauche de Ryno, n'élevait pas comme à l'or-

dinaire sa grande voix, vague et monotone.
Et quoique le froid ne soit jamais dans nos
contrées assez intense pour saisir la mer, on
eût dit pourtant ce soir-là, à son silence, que
les glaces l'avaient emprisonnée. Cette nature
attristée et muette, ces steppes de grèves
auxquelles la neige donnait un caractère qui
n'est pas le caractère habituel de ce pays ; le
froid, cette chasteté des airs, tout précipita
Ryno du monde de sensations dans lequel
il venait de vivre auprès de Vellini, et le replaça cruellement en face de lui-même. Il
était maîtrisé par tous ces aspects. Il sentait
jusque dans son cœur la main de glace de la
Nature. Parti du Bas-Hamet le front ardent,
les artères palpitantes, l'âme embrasée, il
s'éteignait peu à peu en s'avançant sur ces
grèves neigeuses, vers la demeure où dormait Hermangarde trahie. Oui, il s'éteignait
sous le souffle de ce vent du nord, moins

âpre que sa pensée, — comme une de ces torches élevées parfois par le douanier au sommet des dunes pour avertir les navigateurs en détresse. Son cheval, qui marchait d'un trot allongé, troublait seul le silence nocturne par les hennissements du retour. Ces hennissements rappelaient à Ryno celui que le noble animal avait poussé à la porte de la cabane, et ramenaient dans son esprit une pensée qui l'avait traversé comme une flèche, et qu'il avait chassée comme la vision de l'impossible... Il la chassait encore, cette folle pensée, mais il en blêmissait tout en la chassant. Du train qu'il allait sur la lisière unie de la grève, il arriva bientôt au bras de mer et au Petit-Pont. Un homme le passait. Il s'arrêta court au milieu de la planche étroite, la main sur la gaule qui servait de parapet, en entendant les pas du cheval qui entrait dans l'eau.

— Tiens, c'est M. de Marigny et bien attardé ! — dit une voix étonnée.

Marigny reconnut le pêcheur Capelin qui
s'en revenait de la falaise. — Oui, c'est moi,
—répondit-il, ne voulant pas avoir l'air de se
cacher. — Avez-vous fait une bonne pêche,
mon brave Capelin?

— Nenny ! — répartit le pêcheur. J'nons
vu brin d'crabbes. La mer n'y est pas, ni le
vent non plus. Mauvais temps pour les pauvres gens, monsieur de Marigny. La Caroline
a rôdaillé toute la nuit sous les dunes. J'l'ai
vue deux fois du côté de votre manoir.

— Je ne l'ai pas rencontrée, — dit Ryno
d'un ton moitié incrédule et moitié sérieux;
car il trouvait inutile de blesser ces simples
gens dans leurs illusions ou dans leurs
croyances. Et il remit son cheval au trot.

Il arriva bientôt à la porte du manoir de
madame de Flers. Il descendit pour ouvrir

la grande porte rouge. Mais quel ne fut pas
son étonnement, quand, en la poussant, il
sentit qu'elle était ouverte et qu'elle tournait
sans résistance sur son gond rouillé! Il apaisa
avec un mot les hurlements des chiens qui le
reconnurent, et il entra par le perron et la
porte vitrée qu'on ne fermait jamais, après
avoir conduit son cheval à l'écurie et l'avoir
lui-même débridé.

Le mot de Capelin sur la Caroline lui revenait à la pensée. Est-ce que les certitudes de
l'homme ne se font pas avec des riens?... Il
alluma un flambeau dans la salle à manger;
et réellement, il était plus pâle que les vieux
portraits qui le regardaient du fond de leurs
cadres, avec des yeux qui lui firent baisser
les siens. En proie à des pensées inexprimables, à des soupçons plus forts que sa raison, il pénétra sur la pointe du pied dans la
chambre de sa femme, afin de savoir si elle

était endormie comme il l'avait laissée et si son sommeil n'avait pas été troublé.

Quand il était parti, elle dormait dans le lit nuptial, sous le mol abri de ses couvertures, le visage pâli, mais calmé, ombragé de ses longues paupières. Quand il revint, il la trouva désordonnément vêtue, la pelisse aux épaules, évanouie au bord de la couche, les mains dégantées, bleuies par le froid, et les pieds ayant encore autour de leurs bottines à moitié lacées des plaques de neige qui croûlaient en eau sur le tapis. Alors il comprit tout .. et le hennissement du cheval au Bas-Hamet, et la porte du manoir ouverte, et la blanche Caroline errante sous les dunes, — dont lui avait parlé Capelin.

XIV

Dénoûment pour l'une.

C'était un être fort que Ryno de Marigny.
Ses passions étaient grandes et le secouaient
à tout faire craquer dans sa robuste nature,
comme le vent fait tout craquer dans la ramure d'un chêne, mais son esprit les domi-
nait. Il avait un de ces tempéraments, mé-
langés de sang froid et de sang brûlant, —
privilège de naissance des grands joueurs

et des hommes politiques ; terrible duplicité
qu'on expie, car la nature semble jalouse
des dons qu'elle accorde à ses favoris. —
Dans les transes de l'émotion qui le fou-
droyait, Marigny était encore capable de ré-
flexion et de calcul. Quand il vit sa femme
évanouie, certes, il ressentit une atroce douleur. Il embrassait, d'une seule vue, l'effroyable série de tortures qu'elle avait tra-
versées depuis dix heures du soir pour revenir là, — à ce lit quitté dans l'angoisse et
retrouvé dans l'agonie. Et pourtant, en présence de cette malheureuse, asphyxiée de
froid, brisée par sa chûte sur le bord de sa
couche, il s'arrêta un moment et se demanda ce qu'il allait faire. Sonnerait-il, et se
sauverait-il dans son appartement comme si
c'eût été Hermangarde elle-même qui eût
sonné avant de s'évanouir ? Laisserait-il seule
la femme de chambre étonnée de voir sa

maîtresse habillée à cette heure, les pieds
trempés de neige, le front glacé? Et s'il se
chargeait de rappeler lui-même Hermangarde à la vie, s'exposerait-il à la scène qui
allait jaillir de cet affreux tête-à-tête?... De
quelque côté qu'il se retournât, la situation
lui répondait toujours par le même mot : tra-
gédie domestique, destinée perdue! Le
bonheur d'Hermangarde était irrévocable-
ment détruit. Menacé depuis quelque temps
par tout un ensemble de circonstances, ce
bonheur dont il se préoccupait, il n'y avait
qu'un instant, chez Vellini, il était impossible de le sauver. Alors il pensa à la femme,
— à la personne même de la femme, — si
c'était fait de son bonheur.

Il se mit à genoux devant elle, et lui arracha ses bottines imbibées de neige et ses bas
humides. Il réchauffa ses pieds de son haleine. Ainsi qu'une mère déshabille un en-

fant qui dort, il lui ôta sa pelisse et sa robe ; puis écartant les couvertures et soulevant ce corps immobile qu'il n'avait vu jamais inanimé dans ses bras, il la coucha, et lui répandit sur les tempes de ces eaux pénétrantes et fortes qui dardent au cerveau engourdi la sensation de l'existence. Tout cela fut long, mais ce fut inutile. Hermangarde restait sans mouvement. La vie était suspendue en elle à une profondeur qui commença d'effrayer Ryno. Il était penché sur elle, étudiant à sa poitrine, à son front, à ses bras, toutes les pulsations de son être. Spectacle étrange que cet homme, dans cette chambre solitaire, au fond d'un château plein de domestiques endormis, qui, veillait botté, éperonné, et dans des anxiétés terribles, au bord du lit d'une femme évanouie ! Il attendit encore quelques temps avec des spasmes d'impatience, mais voyant que

cette léthargie d'Hermangarde résistait à
ses soins et à ses efforts, il eut l'idée d'appeler du secours. Seulement il entra dans son
appartement pour rejeter ses bottes, accusa-
trices d'une course nocturne. Ses nerfs
étaient si ébranlés, il était sous l'empire de
si funèbres sensations, qu'en marchant
jusque-là, le bruit de ses éperons sur les
parquets le faisait, malgré lui, tressaillir!
Il avait les yeux pleins de la tête pâle de sa
femme, qui lui rappelait une autre pâleur,
étendue par lui sur un autre visage, — celui
de madame de Mendoze, — oubliée dans
les caresses de Vellini, — mais dont le fantôme, évoqué par une imagination venge-
resse, lui disait, le doigt tendu vers Hermangarde : « Hier, tu en as tué une ; demain
feras-tu mourir l'autre ?... » Et il frémissait.
En revêtant sa robe de chambre, il lui sembla qu'il mettait un mensonge par-dessus

ses remords. Ne fallait-il pas se préparer à
une hypocrite comédie pour tromper l'œil
espionnant des valets ? Il rentra donc dans
la chambre de sa femme et sonna. Il ordonna qu'on allât chercher le médecin de
Barneville. Le délire venait de s'emparer
d'Hermangarde, et ce délire, dès les premiers mots, prit un tel caractère, que le
malheureux Marigny fut obligé de chasser
la femme de chambre, venue au coup de
sonnette, pour qu'elle n'en entendît pas les
révélations. Il voulait qu'elles mourûssent
en lui seul. Il voulait être le seul témoin de
ces transports effrayants et de ces cris involontaires, sortis comme des feux d'un souterrain, du silence de cette femme qui, d'ordinaire, concentrait tout dans les pures et
fières profondeurs de son âme. Inintelli-
gibles pour elle, mais clairs pour lui, ils lui
montraient sous un jour accablant et cruel

ce qu'il n'avait jusque-là qu'entrevu... « Ah !
— disait-elle, les joues pourprées, les yeux
r'ouverts mais égarés, et de cette voix en-
trecoupée, sèchée par la fièvre, brève et
rauque; cette voix qui fait devenir les ongles bleus de terreur, quand elle vient d'une
personne aimée, — Ryno ! Ryno, c'est toujours la Femme rouge... La femme de la
Vigie ! Dieu ! Elle ! Toujours ! Chasse-la ,
Ryno, chasse-la ! Ne la prends pas comme
cela dans tes bras, car c'est moi que tu tue-
rais... Chasse-la ! Je ne la connais pas, cette
horrible femme... Comme elle me regardait
à travers le brouillard ! son regard brûlait
le brouillard et mon cœur... Ah ! mon
Dieu ! » Et après un silence d'épouvante,
elle reprenait avec plus d'épouvante encore : « Eh ! quoi ! Elle ne s'en ira pas, cette
femme?... Elle est là maintenant assise sur de
la paille... avec mon mari... avec Ryno. Là !

cria-t-elle, — là! Et son doigt aveugle,
comme son regard aveugle, malgré la dilatation de ses prunelles, indiquaient un point
de la chambre. Elle se dressait sur son séant,
les cheveux défaits. » Mais je ne veux pas
qu'elle t'embrasse ainsi devant moi, Ryno!
Chasse-la!... — Il ne la chasse pas! reprenait-elle en se tordant les mains avec angoisse. Oh! c'est lui qui l'embrasse maintenant. Ah! malheureuse Hermangarde, regarde par le trou du volet, regarde! regarde! » — Et elle retombait pantelante sur
son lit. Ryno, déchiré, souffrait d'une inconsolable pitié. Les larmes le gagnaient
comme un enfant. « — Ah! ne pleure
pas, disait-elle, comme si elle avait vu ses
larmes par une intuition supérieure à la raison et aux sens. Ne pleure pas. Est-ce que
tu pleures parce que je te dis de la chasser?
Garde-la dans tes bras si tu l'aimes, mais

bouche le trou de ce volet... que je ne vous voie plus et que je m'en aille ! que je m'en aille... J'ai eu bien froid en venant, mon pauvre Ryno, — reprenait-elle du ton d'une chose simplement racontée, et elle se mettait à grelotter... » Ses dents claquaient. Ryno souffrait de telles angoisses, qu'il aurait désiré que le délire le prît aussi et frappât de mort sa raison. « — Ah ! si ma grand'-mère le savait ! — ajoutait-elle rêveusement avec une atroce innocence de cruauté, — mais n'aie pas peur, Ryno, je ne le dirai pas... Il ne faut pas le lui dire, n'est-ce pas, mon amour ? C'est si facile de mourir sans parler !... » — Et elle se taisait alors pour prouver qu'elle pouvait se taire, mais c'était Ryno qui mourait. Oui, il mourait puni, châtié, supplicié par ce délire dans lequel sa conscience épouvantée entendait comme la voix de Dieu.

Hermangarde resta toute une longue et horrible journée dans ce paroxisme violent. Le médecin craignit quelque temps une congestion mortelle. Mais des accidents d'une autre nature vinrent dégager le cerveau. Ryno qui ne l'avait pas quittée un instant épiait le moment où elle recouvrerait la connaissance. Quand elle lui revint, ce fut vers le minuit du lendemain, — à l'heure, où la veille, elle l'avait probablement perdue. Ses yeux qui s'étaient fermés dans un lourd accablement, se r'ouvrirent doucement avec leur intelligent rayon. « Où suis-je ? fit-elle d'une voix faible. Mais elle s'arrêta, — se souvint, — et regardant son mari qui lui avait pris la main, elle la retira, comme si un serpent l'eût piquée. Mouvement de rancune instinctive et jalouse, qu'elle corrigea, en la lui rendant. Hélas ! il ne dit rien de ce mouvement qu'il avait compris. Il avait seule-

ment baissé les yeux. Quand il les releva, **il
la vit** qui le regardait avec deux gros sillons
de larmes silencieuses.... ce fut tout et tout
pour jamais ! En reprenant sa raison , cette
femme d'une trempe trop divine pour cette
terre de perdition , avait repris la virginale
nature qui mettait la main sur le mystère de
son âme, comme la Pudeur surprise la met
sur le mystère de son corps. Jusque-là, elle
n'avait eu que des soupçons qui la dévoraient.
A présent (son délire l'avait appris à Ryno)
elle avait une certitude, morne comme le
malheur accompli. Elle allait recommencer
de vivre sans se plaindre, les lèvres fermées
par un sourire résigné, et une épée enfoncée
jusqu'à la garde dans le sein, comme la
Mater Dolorosa du Stabat.

Pour une âme élevée, comme l'était Ryno,
cette magnanimité du silence, cette grandeur
de réserve touchante fut un genre de torture,

inexorable, mérité et qui devait durer longtemps. Pourquoi cesserait-il en effet? Les
torts qu'il avait étaient irréparables. Hermangarde pouvait les pardonner ; mais il
connaissait cette âme aux sentiments reployés
et qui ne rendait rien de ce qui y entrait,
comme la tombe. En pardonnant, elle se
souviendrait. Elle n'oublierait pas. Or, si le
pardon n'est pas l'oubli, il n'honore que celui qui pardonne ; mais c'est une humiliation
qui s'ajoute, comme l'assaisonnement d'un
poison, à la douleur du repentir. Ah! l'ave-
nir de ce mariage était bien brisé ! Il le fut
deux fois. Hermangarde ne put résister aux
fatigues morales et physiques de la terrible
nuit où elle était allée secrètement au Bas-
Hamet. Elle accoucha, avant le terme, d'un
enfant mort, et elle ne lui survécut que par le
miracle de jeunesse et de force qui était en
elle. « Ah! pourquoi, — pensa-t-elle alors,

— n'ai-je pas imité ma mère, morte en me donnant la naissance? cela n'eût-il pas mieux valu pour mon pauvre enfant et pour moi? » Ce qui augmentait encore sa peine, c'était une pensée qu'elle ne disait pas. En pleurant son enfant perdu, elle pleurait toutes ses espérances maternelles. Elle savait qu'elle n'aurait jamais plus d'autre enfant... Plus digne de s'appeler du nom d'Hermine que sa grand'mère, madame de Flers, elle senta i bien qu'une seule tache avait fait mourir dans sa personne non la femme qui aimait Ryno, mais celle qu'il avait épousée... Pendant les trois semaines qu'elle garda le lit, elle adressa mentalement tous les jours à cette petite statue de la Vierge, sa relique de jeune fille que l'Amour conjugal n'avait point exilée de ses rideaux, un de ces vœux qu'on aurait pu croire téméraires, si on n'eût pensé qu'à sa jeunesse. Elle attendait impatiem-

ment l'heure où, dans de tristes relevailles,
elle irait le renouveler à l'autel bleu de mer
de cette Étoile du matelot, qui est aussi la
consolation des femmes malheureuses, dans
la pauvre église de Carteret.

Ce moment arriva enfin. Ryno qui ne
l'avait pas quittée une seule fois et qui avait
reçu dans la poitrine le contrecoup de toutes
ses douleurs, avait prolongé, le plus possible, toutes les précautions de la convales-
cence. Il n'avait pas voulu qu'elle sortît trop
tôt. Doux avec elle, comme elle était douce
avec lui; se surprenant par fois à être tendres,
mais tristes tous deux, comme si tous deux,
ils avaient eu la conscience de l'irréparable,
ils eussent offert à l'observateur un touchant
problème de sentiment, mais insoluble. Tout
le temps qu'elle avait été malade, Ryno l'avait
soignée avec un dévouement sous lequel
battait le désir d'une réparation impossible.

Le dictame qui guérit tout, il ne l'avait plus. Lui, cet homme taillé pour les succès extérieurs ; ce Satrape de salon, d'un esprit si retentissant quand il en sonnait les fanfares, avait eu la coquetterie des soins imperceptibles, des mille grâces voilées de chambre à coucher qu'ont les femmes, quand elles soignent ceux qu'elles aiment. Le jour où elle parla d'aller à l'église, il consulta le temps, le degré de température, ordonna qu'on chauffât la voiture et voulut l'accompagner. Ce fut elle qui s'y opposa. Elle désirait être seule pour *faire ses dévotions,* dit-elle. Il n'insista pas et elle partit.

C'était un jour de la fin de février, — journée d'hiver presque douce comme un jour d'automne, et baignée dans quelques heures d'un pâle soleil. Énervé par la vie close et douloureuse qu'il avait menée depuis trois semaines, Marigny descendit prendre l'air sur les marches de l'escalier qui conduisait des murs du manoir à la grève. Il n'était pas fâché d'être seul. Mille pensées contraires l'assiégeaient. Il songeait à Her-mangarde, — à madame de Flers à laquelle il n'avait écrit que pour lui donner des nou-velles de la fausse couche de sa femme. Il pensait aussi à Vellini, cette fatalité de sa vie, la cause du mal qui était arrivé. Pen-dant la souffrance d'Hermangarde, il avait reçu plusieurs lettres de la Malagaise, puis il l'avait vue, de la fenêtre, passer bien des fois sur la grève, les yeux tournés toujours du côté du manoir, — ou, en canot, avec les pêcheurs, descendant la ligne bleue du hâvre et gagnant le large, sous un bon vent. « Quelle patience elle a eue pendant ces trois semaines! » se disait-il en se rappelant l'impétueux caractère de cette femme qu'il n'avait jamais pu dompter. Ce jour-là, — par

cette pure et fraîche matinée, — quelque
chose lui soufflait qu'elle ne pouvait pas être
loin. Il est des êtres qu'on respire sans les
voir et dont les vents imprégnés nous appor-
tent, de loin, les émanations ! L'histoire des
palmiers, c'est l'histoire des hommes. Une
chaloupe à voiles remontait le hâvre avec
lenteur. Quoiqu'il ne discernât rien sous ces
voiles brunes qui couvraient, en se renflant,
la légère coquille de bois noir d'un bonnet
mystérieux et bizarre ; il pensa qu'elle devait
être là. Aussi, descendit-il sur le galet qui
bordait le hâvre et s'avança-t-il tout contre
l'eau. Son mouvement fit arrêter la chaloupe
qui tourna sur elle-même, comme si elle eût
tenté d'aborder sous ses pieds. Alors il s'as-
sura qu'il l'avait devinée. Elle était là, à moitié cachée sous les voiles ; plus cachée encore (ne lui avait-elle pas promis d'être prudente?) par le genre de costume qu'elle

avait choisi. Avec son mantelet de ratine
blanche, à la cape doublée de ponceau, et
son foulard à la tête, tordu avec une né-
gligence de créole, on l'aurait prise pour
Bonine Bas-Hamet ou quelque autre fille de
la côte, car elles ôtent leur haute coiffe
quand elles vont en mer, de peur du vent.
Marigny, malgré les préoccupations de sa
tristesse, ne put s'empêcher de sourire en
la voyant ainsi vêtue, la señora Vellini.

— Viens ici, Ryno ! — lui dit-elle, mais en
espagnol, — nous ferons un tour sous la falaise et je te débarquerai sous les dunes.
Hermangarde est maintenant guérie et il y a
trois semaines que je vis sans toi !

Il hésitait. — *Caramba !* fit-elle avec impatience. Mais il pensa qu'il serait rentré au
manoir avant Hermangarde qui avait une
messe à entendre, et alors il n'hésita plus.

La barque redescendit le hâvre; passa, leste, entre les deux fanaux et cingla en mer.

XV

Le Tombeau du Diable.

— Vellini, — dit Ryno, aussi en espagnol,
pour ne pas être entendu des deux pêcheurs
qui menaient la chaloupe, filant entre deux
vagues, comme un poisson entre deux flots,
— Vellini, je m'attends presque à des repro-
ches. En sortant de tes bras retrouvés, je
suis resté trois semaines sans te revoir, sans
même répondre aux lettres que tu m'as en-

voyées ; mais mon excuse, ma pauvre amie,
est dans des choses que tu ne sais pas. Tu
ignores ce qui s'est passé au manoir.

— Ton excuse est là ! lui répondit-elle en
lui touchant légèrement le visage. En effet,
elle y était, et bien éloquente ! Il était
changé comme un homme récemment
échappé à la mort. Cette vie sans air dans
laquelle il avait vécu, les douleurs et le danger d'Hermangarde, l'amour mêlé de pitié
qu'il avait pour elle, ses remords, et enfin
l'ennui de tout cela, car l'homme s'ennuie
de ses douleurs comme de ses joies, — l'ennui est le par-de-là de toutes ses activités !
— lui avaient posé sur les traits un masque
dévasté qui faisait frémir.

— Oui, reprit-il, mais l'accusation est ici !
— Et comme elle l'avait touché au front, il
lui toucha sa joue brune. Elle était presque
aussi changée que lui. Ces trois semaines

avaient pesé sur elle. Dans ce jour cru de
l'atmosphère d'une mer sans brume, dans
cette lumière d'un ciel bleu, qui semblait
fouiller les moindres rides sur les visages
comme sur les flots, il vit la dure empreinte,
laissée partout, des passions qui l'avaient
encore plus jaunie et qu'elle avait été obligée
de refouler dans son cœur.

— Ce n'est point une accusation, — fit-
elle, grave et douce comme il ne l'avait jamais
vue. — Je savais tout, Ryno.

— Non, tu ne savais pas tout, reprit-il.
Le malheur s'était abattu sur ma maison.
Ma pauvre Hermangarde était en péril de
mourir. Tu savais cela comme tous les autres, comme les domestiques qui m'entouraient, comme le village, comme le pêcheur
qui m'apportait tes lettres et qui ne voyait
que visages désolés au manoir. Mais il y avait
quelque chose que tu ne savais pas, Vellini,

III.   11

car personne ne le savait que moi seul et
elle... c'est que si elle souffrait des tortures
d'âme et de corps, à la briser, malgré la
force de sa jeunesse, c'était nous qui en
étions cause. C'est que si elle fût venue à
mourir, comme je l'ai craint à la fin de bien
des journées, c'est nous, Vellini, qui aurions
été ses assassins ! —

Elle le regarda avec un étonnement fixe.
Ils étaient assis au pied de la voile, le dos
tourné aux pêcheurs qui ramaient à l'extrémité de la barque. La brise soufflait ses plus
favorables haleines et ils allaient, frisant les
brisans, comme s'ils eussent voulu arriver
en sept quarts d'heure à Jersey, qu'on voyait
nettement dans les clartés du temps, blanc
comme un linge, étendu par des lavandières,
au soleil.

— Oui, reprit-il, comprenant son regard. Nous aurions été ses assassins. Quand

au Bas-Hamet, je t'ai quittée il y a trois semaines, toi, mon passé, rallumé avec des
voluptés cruelles, et que je fus revenu à Carteret, je retrouvai Hermangarde au bord de
son lit, habillée et sans connaissance. Elle!
cette femme élevée dans toutes les délicatesses de la vie, était venue seule, la nuit, à
à pied, en se cachant, au Bas-Hamet, par la
neige et le froid sur ces grèves, exposée
aux insultes des contrebandiers ou des matelots. Elle avait tout bravé, mais elle y était
venue, poussée par une jalousie couvée longtemps. Elle nous avait vus par la fente du
volet de ta cabane, et elle n'avait pas crié;
elle avait eu la force de rester là et de s'en
retourner comme elle était venue, mais avec
des certitudes, avec des spectacles pires que
la mort dans le cœur. Dieu qui avait eu pitié
d'elle, lui avait mesuré ses forces et elle ne
s'était évanouie qu'au pied de son lit, en ren-

trant. C'est là que je l'ai retrouvée... Ah ! Vellini, je n'oublierai jamais le moment où je la pris dans mes bras chauds de toi et où je la retiédis de la vie que tu y avais laissée. Elle fut longtemps dans un état désespéré. Son délire m'apprit ce qu'elle avait fait, car depuis, le croirais-tu ? elle ne m'a rien dit qui fût une plainte ou un reproche. Elle a une fierté douce que tu admirerais.

— Pauvre Hermangarde ! — fit Vellini attendrie, et une larme se montra dans les cils de ces yeux que les hommes trouvaient féroces.—Ryno fut touché de cette larme. Il la but aux yeux qui la contenaient avec une triple soif d'amour, de générosité, de justice. Ah ! la séduction par la générosité est la plus puissante sur les âmes sincères. Quand nos vieilles maîtresses pleurent sur nos jeunes femmes, elles ajoutent à la magie du passé un prestige plus irrésistible encore. Est-ce

qu'on ne s'amnistie pas des fautes qu'on a
faites, quand celles pour qui on les commit
sont de magnanimes créatures? Pour régner
sur des âmes qui ont de la noblesse, il n'est
rien tel que de se montrer bon.

Il s'était tu, et elle ne parlait pas. Qu'eût-
elle dit, cette femme sauvage, qui ne comprenait que l'amour et toutes ses furies, et
qui le voyait pour la première fois, muet et
désarmé, à force de fierté pure? Cependant
la coquille de noix qui les berçait, dans sa
concavité mobile, comme un nid d'oiseau
balancé dans les rameaux par le vent, fen-
dait toujours les vagues amoncelées. Le flot
scindé par la proue, moutonnait, comme disent ces gens de mer qui composent leur langage d'Océan avec leurs souvenirs de pasteurs et rêvent ainsi à leur enfance. Ils
avaient doublé la falaise, et là, ils avaient re-
viré de bord, creusant un sillage nouveau

dans le sillage qu'ils avaient tracé, arrêtés
sur le plateau liquide d'une mer qui ressemblait à un bassin de vif-argent, tant elle était
étincelante ! Ils avaient jeté le filet sous la
barque immobile, en attendant le moment de
débarquer Ryno sous les dunes, au commandement de Vellini.

— Oui, pauvre Hermangarde ! fit Ryno,
comme un écho mélancolique, elle a souffert
cruellement par nous. Elle a été frappée dans
sa maternité même ; son enfant est mort
comme le nôtre, Vellini. — Et il ajouta avec
un accent amer qui résumait toute son âme :
— Je ne suis pas heureux en enfants ! —

La Vellini baissa la tête pour cacher à son
ancien amant l'éclair fauve qui traversa ses
prunelles. Une joie involontaire, plus forte
que sa nature généreuse, lui était entrée dans
le cœur, aux dernières paroles de Ryno.
Elles lui rappelaient, il est vrai, une époque

funeste de sa vie, l'arrachement, par la mort, d'un être aimé de sa mamelle, la perte toujours saignante de sa Juanita ; mais l'idée que la femme de Ryno n'aurait pas sur elle la supériorité du don d'un enfant, offert à la mâle affection d'un père, lui coula dans les veines du cœur une immense dilatation.

Ils se turent encore. Est-ce que leurs paroles auraient pu contenir leurs pensées ?... Appuyés, épaule contre épaule, ils se laissaient aller au branle voluptueux de la lame bleuâtre, sous cette voile que le soleil chauffait d'un faible rayon. A cet air nitré d'une atmosphère marine, Ryno éprouvait dans le poumon, comme dans le cœur un élargissement de tout son être captivé, comprimé si longtemps. Malgré sa pitié et son amour pour Hermangarde, il se trouvait mieux auprès de la femme qu'il n'aimait plus qu'à côté de celle qu'il aimait. Quoi d'étonnant ?

Toutes ses relations avec Vellini étaient droi-
tes et vraies; avec Hermangarde elles ne
l'étaient plus. L'air vital du cœur, n'est-ce
pas la confiance? Le bonheur entre ceux
qui s'aiment, c'est de parler haut. Il le recon
naissait, il l'appréciait, et il n'était pas une
de ces sensations sous lesquelles s'entr'ouvrait son âme, qui ne fût un anneau de plus
à la chaîne qui l'attachait à Vellini.

Cependant ils donnèrent bientôt le signal
de toucher la rive, et la chaloupe, manœu-
vrée par des hommes qui connaissaient tous
les écueils de la falaise comme les plombs de
leurs filets, les déposa dans une petite anse,
étroite, hérissée comme une passe,—espèce
de croissant entre deux brisans. — Les pêcheurs retournèrent à leur pêche; mais eux,
— comme il était de bonne heure encore,—
se mirent à remonter la falaise par un sentier détourné de sable fin. Ils parvinrent

bientôt à sa cîme. Vellini voulait montrer à Ryno, lui dit-elle, une espèce de caverne qui pourrait servir d'abri à de mystérieux rendez-vous. Elle l'avait découverte dans ses promenades solitaires. Cette caverne, du reste, était très célèbre dans le pays et gardée par de singulières superstitions. On l'appelait le *Tombeau du Diable* et l'on disait *qu'il y revenait*. Là, un jour lointain du temps passé, le Diable s'était battu avec saint Georges, — racontaient les vieilles du rivage. — Le grand saint l'avait terrassé sous son cheval de guerre et l'avait atteint d'une blessure immortelle, contre un de ces rocs entr'ouverts. Après le combat, saint Georges était allé, avant de remonter au ciel, planter sa lance sur le tertre où l'on a bâti l'église qui porte son nom. Les antiques légendaires qui racontaient ces choses, montraient à leurs enfants des marbrures rougeâtres qui sil-

lonnaient la pierre bleue du rocher, comme
une incrustation du sang du démon, indélé-
bile aux pluies du ciel et à la main des siècles. Vellini était venue plusieurs fois s'as-
séoir sur une des tables de ces rocs qui avait
l'air d'un tombeau et elle avait pénétré par
une crevasse, à moitié cachée par les blocs
dressés alentour, dans une espèce de souterrain où l'on n'arrivait qu'en rampant,
mais où, une fois entré, on pouvait se tenir debout et largement circuler. Il est pro-
bable que bien des contrebandiers des environs avaient empilé là plus d'un baril de
rhum et plus d'une caisse de foulards anglais. Des gouttes de jour y tombaient par
des meurtrières naturelles, trouées dans la
pierre, et les bruits du dehors, réduits comme
la lumière, y filtraient, diminués comme elle.
Jamais antre ne fut mieux destiné, par le jeu
des terrains, à cacher des desseins coupa-

bles ou des bonheurs persécutés que ne l'é-
tait ce *Tombeau du Diable* (comme on l'appelait) et que Satan, dont il était le sarco-
phage, offrait, comme un refuge, à ses favoris parmi les vivants. Vellini y conduisit
Ryno. On voyait dans ce souterrain un
vieux banc vermoulu qui indiquait, par sa
présence, que ce lieu solitaire et abandonné
avait été hanté et presque habité autrefois.
Indépendamment des contrebandiers, fami-
liers à cette côte, peut-être avait-il servi à
cacher entre deux marées, lorsque tout
l'Ouest s'insurgea, quelques-uns de ces agents
des Princes qui correspondaient avec les
Chouans, comme ce Quintal, par exemple,
cet homme héroïque de Saint-Sauveur-le-
Vicomte, qui menait seul une barque de Portbail à Jersey et courait la poste avec une
rame et un fusil, à travers les écueils d'une
mer, féconde en naufrages, pour le service

du Roi de France ; Quintal de nom, disaient
ses compatriotes, mais aussi Quintal de fer,
sous la peau d'un homme (1). Ryno et Vellini s'assirent sur ce banc oublié, qui avait
vu sans doute, à quelque soir, sur ces planches tremblantes et verdies, plus d'une belle

(1) Ce Quintal qui a écrit son nom dans la mémoire
d'hommes qui ne sont déjà plus, est tombé fusillé sur
la place de Grève, percé des balles jacobines de Bona-
parte, mâchées par Fouché. Comme M de Frotté, comme Cadoudal, comme M. d'Aché, trahi par la belle et
infâme madame de Vaubadon, comme des centaines d'autres, tombés méconnus dans le nuage de poudre des partis qui s'est étendu sur l'histoire autant que sur les bruyè-
res, maintenant sereines, des campagnes où l'on combat-
tit, Quintal est un de ces hommes, obscurs et grands,
dont la gloire de deux jours n'a pas payé la vie. Ces
Chouans, qui avaient dans leurs rangs plus d'un Red-
gauntlet, digne du pinceau d'un Walter Scott Normand
ou Breton ; ces Aigles de nuit qui se ralliaient au cri des
chouettes, attendent encore leur historien ou leur ro-
mancier. Si le public accueillait bien *Une Vieille Maîtresse*, peut-être la plume qui l'a écrite se dévouerait-
elle à retracer une des époques de l'histoire moderne qui
devraient le plus inspirer l'imagination des conteurs.
                              (*Note de l'Auteur.*)

fille de douanier, entraînée par un fraudeur amoureux, qui, ce soir-là, faisait deux fois la fraude, en faisant l'amour avec elle. Aujourd'hui, il s'y asseyait un couple, encore mieux approprié au caractère de cette grotte presque inaccessible, retirée, noire, profonde, si bien créée pour jeter son ombre dans l'abîme de deux cœurs, vides des jeunes sensations de l'amour, mais pleins du ferment des souvenirs et de leur redoutable ivresse.

— Ryno, — dit Vellini avec un sourire qui cachait dans sa gaîté une tristesse, — voilà notre boudoir à présent ! C'est ici qu'il faudra nous voir désormais. Tu ne peux plus revenir au Bas-Hamet. Tu éveillerais les soupçons jaloux d'Hermangarde. Or, plus que jamais, puisque nous l'avons rendue malheureuse, nous devons lui épargner des douleurs. Cariño, c'est ici que je viendrai t'attendre, tous les jours, à cette heure. Tu

viendras ou tu ne viendras pas, mais moi, je
viendrai sans manquer jamais. Je suis libre
comme l'air et la vague. Je suis libre de
tout... excepté de toi. Tu n'as pas, toi, cette
indépendance. Tu as la main liée à une autre
main que celle de Vellini. Tu ne pourrais
venir ici, tous les jours, comme moi, Ryno,
et aux mêmes heures, sans bourreler d'inquiétudes le cœur de ta femme. Tu l'aimes
encore ; moi, tu ne m'aimes plus ! Elle doit
m'être souvent préférée. Mais quand les in-
destructibles souvenirs de notre vie et la
clameur du sang mêlé dans nos poitrines te
pousseront vers la Vellini, monte ici, Ryno,
et tu l'y trouveras dans l'attente, avec ta
pensée fixe au cœur, cachant dans les entrailles de la terre ce qu'on voit trop quand
on ne le cache que dans des entrailles de
chair et de sang ! —

Elle dit cela avec une énergie si vibrante,

et en lançant de tels regards aux stalactites
de ces murs de roche que Ryno, qui l'avait
vue si douce sur la mer, toujours emporté
par ces éternels contrastes, l'attira vers lui
avec un sentiment indompté. « O escarboucle
de ma caverne, s'écria-t-il avec poésie, oui,
je viendrai ici m'asseoir près de toi! Tu me
consoleras d'avoir blessé l'amour d'Hermangarde. Les jours qui vont couler maintenant
entre elle et moi, seront bien tristes. Je la
connais. Elle m'aimerait encore davantage
qu'elle ne s'abandonnerait plus à moi. L'a-
mour blessé se traînera longtemps sur les
débris d'une intimité détruite. Ce ne sera pas
comme nous, Vellini, chez qui l'intimité n'a
pu mourir même après l'amour! Ah! oui, je
viendrai. Mon beau diamant noir, rentré
dans sa gangue, je t'en ferai sortir, pour
contempler nos dix ans de vie entrelacée,
dans le sombre miroir de tes feux! —

Ils se levèrent après ces promesses et re-
gagnèrent l'entrée de cette grotte circulaire,
— car Ryno ne voulait pas être longtemps
absent du manoir. Quand ils sortirent de ces
obscurités souterraines et qu'ils sentirent le
grand air autour de leurs têtes, il était une
heure après midi. Le temps se maintenait
tranquille, frais et clair. La mer roulait ses
nappes d'écume sous la falaise, mais brillait,
au loin, d'un éclat doux, semblable à de
l'acier damasquiné. La chaloupe qui les avait
déposés derrière les brisans, pêchait toujours, en tirant vers Portbail. On l'apercevait
comme un point mobile, frissonnant dans
ses voiles gracieuses, comme une mouette
dans ses plumes, hérissées par le vent. Ils
parlaient entr'eux, se croyant toujours seuls,
quand ils surprirent, assise sur le *tombeau du
Diable* une personne qui était venue là pendant qu'ils étaient descendus dans le souter-

rain. C'était ce vieux mendiant de Sortôville-en-Beaumont, qui, un soir, au bord du feu allumé dans les mielles, pour radouber le brick espagnol, avait raconté, devant Vellini, l'histoire de la Blanche Caroline. Il revenait de sa tournée dans les communes voisines, et fatigué, il reprenait haleine un instant. Sa gaule ferrée, qu'il portait contre les chiens, — car les hommes n'attaquent pas les pauvres, — et pour sauter les fossés pleins d'eau, était près de lui. Il avait dénoué les cordes qui tenaient son bissac et il dinait avec des croûtes données par les fermiers des environs. Courbé sous son chapeau rougi par les intempéries et dont les larges bords ressemblaient à la couverture d'un four-à-chaux, il se livrait au plaisir animal de manger, avec le recueillement d'une créature solitaire. Espèce de Saturne, vieux, aveugle et sourd à ce monde extérieur étalé devant

lui, dévorant un pain aussi dur que les
pierres, en face de cette magnifique nature
qui ne disait rien à son âme. Il était un des
habitués du samedi au manoir. Ryno, qui
craignait peut-être quelque commérage de
cuisine de la part de ce mendiant, vida sa
bourse dans le chapeau qu'il lui tendit.

— Que le bon Dieu et la sainte Vierge et
tous les saints du Paradis, vous bénissent,
monsieur de Marigny! — lui dit-il de sa voix
traînante. — Vous êtes le père des pauvres
gens.

Il jeta à Vellini un regard oblique et rusé,
— un regard de paysan Bas-Normand, qui
comprend tout et qui n'a l'air de se douter de
rien.

— V'la biau temps pour les biens de la
terre! — fit-il avec cette familiarité des
hommes primitifs qui parlent sans qu'on ne
les interroge, — et biau temps pour la

pêche *itou !* J'gagerais que les pêcheurs de
d'là , — ajouta-t-il en montrant la voile qui
labourait cette mer, écaillée d'argent, comme
un dos de poisson au soleil, — auront pris
ben des douzaines de *raîtons* (1) avant que
l'Angelus n'ait sonné à la cloche de Barneville.

— Est-ce que vous y retournez aujour-
d'hui , bonhomme ? lui dit Marigny pour ne
pas laisser son observation sans réponse,
car ne rien dire paraît à ces hommes simples
le dernier mépris de la fierté.

— Vère ! répondit le porte-besace. Et
j'vas même pus loin. J'vas jusqu'au Prieuré
de la Taille, chez les Hallot. Faut qu'j'me
dépêche, car ils ferment la grange à bonne
heure et si j'n'arrive pas à la tombée de la

(1) Dans le patois du pays, synonyme de petite raie,
— une raie maigre, étroite, aux arêtes malléables et dont
le foie est excellent.   —   (*Note de l'Auteur.*)

brune, i' faudra qu'j'aille jusqu'au moulin.—
Et en disant cela, il chargea son bissac, enflé
comme une outre, sur son dos encore robuste. — M'est avis, reprit-il, qu'il est temps
de tirer ses grègues, *ma finguette* ! car la mer
sera haute, c'te relevée, et le pont de Carteret avant deux heures sera sous l'iau. —

Ryno regarda Vellini. — Je te comprends,
dit-elle, dans cette harmonieuse langue de
sa patrie qui mettait entre eux et les autres
un voile sonore. Il faut retourner aux Rivières et la route me manquerait si je tar-
dais. A demain donc ! à après-demain ! à tous
les jours, mon pauvre Ryno ! ce ne sera
jamais Vellini qui sera la dernière à nos
mystérieux rendez-vous.

— Je m'en vais avec vous, bonhomme, —
dit-elle au Traîne-Sacoche, avec cette simplicité hardie, le plus beau joyau de sa natu-

re sincère.—J'ai affaire au Bas-Hamet et j'i-
rai jusque sous le chemin de Barneville avec
vous. —

— Alors, si c'est comm'cha, partons,
ma p'tite dame, — fit le vagabond qui n'a-
vait jamais eu un pareil camarade de route,
depuis qu'il rôdait, de porte en porte, dans
ces parages. D'ici le Bas-Hamet, il y a un bon
bout pour vos petits pieds, et l'on ne d'valle
pas dans les sables mouvants des mielles
aussi aisément que sur le pavé de la grande
allée d'une église. Il se fait temps de filer
notre nœud. —

Et ils partirent, l'un avec l'autre, comme
s'ils s'étaient toujours connus. Ryno les vit
descendre la falaise et suivit de l'œil jusque
sous les maisons de Carteret la longue va-
reuse (1) de toile du mendiant et le mantelet

(1) C'est le nom que les paysans du Cotentin donnent
à la blouse.   (*Note de l'Auteur.*)

de ratine de Vellini. Ils s'en allaient lentement, en causant, tous les deux. Ryno ne
pouvait s'empêcher d'admirer la souplesse
de cette Vellini qui frayait si vite avec un
mendiant Bas-Normand, comme elle l'eût
fait avec la plus brillante société de France
ou d'Espagne. Lui qui avait eu l'expérience
des charmes divers de tant de femmes, il
sentait que même l'âme la plus assouvie ne
pouvait se blâser de celle-là. A chaque instant, elle trahissait des saveurs inconnues,
des arômes qu'on n'avait pas encore respi-
rés. C'était bien vraiment la maîtresse qui
résumait, — comme l'avait dit, un certain
soir, madame de Flers, — tout un sérail
dans sa personne. Sang mêlé de Goth et de
Sarrazin, née dans les Al-cazars, mais vivant sans effort avec les poissonniers et les
mendiants, tant elle avait été marquée du
regard de la Bohémienne que sa mère avait

assistée un dimanche, en sortant des vêpres,
sous le porche sombre de la vieille église de
Malaga !

XVI

Pour l'autre, il n'y a pas de dénoûment.

Quand Marigny rentra au manoir, Hermangarde était, depuis quelque temps, revenue de l'église. Les heures qu'elle y avait passées avaient eu pour elle un caractère de solennité imposant et triste. N'y avait-elle pas célébré, à elle seule, les funérailles de son bonheur? Elle avait écouté là messe, puis elle était allée s'agenouiller devant ce

simple autel de la Vierge, à la quenouille
ornée de rubans par les jeunes filles de la
contrée, et là, sous les légers vaisseaux
d'ivoire ou de bois peint, *ex-voto* des matelots sauvés du naufrage et suspendus à la
voûte de cette église de la côte, elle avait offert à la mère de Dieu les débris du sien, —
ses souffrances d'épouse et la perte d'un enfant qui ne serait jamais remplacé. C'était la
première fois depuis son mariage qu'elle
priait avec cette ferveur, car, son bonheur
dont elle était bien punie, avait dévoré dans
son âme la place qu'elle y devait à Dieu.
Malgré la peine qui l'accablait, elle éprouva
pourtant les influences de cette prière que le
cœur lance vers Dieu comme une flamme et
qu'il fait retomber sur le cœur comme un
apaisement. Elle ne fut pas consolée, mais
elle devint un peu plus forte. Elle supporta
mieux l'aspect de cette maison, théâtre de

la félicité domestique la plus grande qui ait jamais existé et dont tous les objets lui rappelaient avec une éloquence désolée et muette le bonheur qu'elle avait perdu.

Après sa mère dans le ciel, elle pensa à sa mère sur la terre, et elle se mit en attendant Ryno, à écrire à la marquise de Flers. Pendant tout le temps qu'elle avait été si malade, c'était Ryno qui avait envoyé des nouvelles de Carteret à Paris. Ses lettres n'étaient que de simples bulletins de la santé de sa femme, tracées à la hâte au bord de son lit, et nuancées de tendresses et d'inquiétudes. Hermangarde pensa qu'une lettre d'elle — après toutes celles-là, — paraîtrait bien douce à la marquise, et lui attesterait, par sa longueur même, que son enfant était guérie. « Pauvre grand'mère, — murmurait-elle, les yeux baignés de ces éternelles larmes que l'on croit toujours les dernières et qui

ne le sont jamais , — vous ne vous doutez
point de là-bas que le bonheur, créé par vous
à votre fille, n'existe plus ! » Et elle prit le
portrait en médaillon qu'elle portait de cette
reine des grand'mères , et elle le baisa avec
une sainte ardeur de respect et de désespoir. Allait-elle lui écrire les évènements qui
l'avaient frappée ? Ressentait-elle avec une
puissance, augmentée de la certitude de son
malheur, le besoin de confiance qui l'avait
tant de fois poussée à tout révéler à sa
grand'mère et à se faire essuyer ses larmes
par cette vieille main qui l'avait bercée et
qui l'avait bénie?... Ah ! le besoin de se con-
fier, le besoin de mettre sa tête sur une autre poitrine , quand on souffre, elle le sentait avec une énergie qui augmentait son
malheur, car elle avait résolu d'y résister
jusqu'à la fin. » O ma mère , disait-elle intérieurement , en regardant un buste de cette

jeune Antoinette de Flers, comtesse de Polastron, posé sur une encoignure du salon,
et recouvert d'un crêpe noir que la marquise
n'avait pas soulevé depuis la mort prématurée
de sa fille, — ô ma mère, je vous ai coûté
la vie par ma naissance, mais je ne la coûte-
rai pas à celle qui vous a remplacée, en lui
apprenant que le bonheur de son enfant est
détruit. Priez Dieu de me donner la force de
me taire avec mon unique amie, ici-bas! »
Et dans l'exaltation de sa pensée de sacrifice, elle alla soulever le voile noir qui couvrait le buste impassible et elle embrassa
l'argile inerte, comme elle avait embrassé
déjà l'ivoire de son médaillon. Elle s'appuyait sur ses affections pour résister à ses
affections! Les cris du cœur étouffés, elle
revint à sa table à écrire, comme une Trap-
pistesse revient de l'autel, après avoir prêté
son vœu de silence, et son noble cœur gou-

verna tellement sa main dans cette lettre,
imbibée de tendresse, que la marquise put
croire encore que son chef-d'œuvre de bonheur durait toujours.

Elle n'avait pas fini sa lettre lorsque son
mari rentra. D'ordinaire, quand il rentrait
au logis, cet homme aimé, elle allait à lui
avec l'élan de son âme ravie et elle présen-
tait à ses lèvres ce beau front, soumis et superbe, comme si ç'avait été la coupe de
l'hospitalité de l'Amour! Quand il parut, elle
se leva d'un mouvement allangui et lui offrit,
avec une grâce chaste et triste, ses longs
bandeaux d'or à baiser. Il y avait, dans cet
abandon, un parti pris si résigné et si fier!
Avec sa robe de couleur violette, cette pourpre éteinte dans laquelle les reines portent
leur deuil (n'était-elle pas une reine en deuil
et la pourpre de l'amour meurtri n'expirait-
elle pas dans le noir des douleurs ca-

chées ?...), elle avait une expression de souffrance discrète et d'amour dompté, si auguste que Ryno l'embrassa comme il eût embrassé une sainte image. « J'écris à notre mère, lui dit-elle, et j'ai laissé une page blanche pour vous. » Avait-elle saisi en Ryno une inquiétude sur les confidences qu'elle pouvait faire à la marquise, et voulait-elle le rassurer en lui livrant la lettre ouverte, sous prétexte d'y écrire la sienne ? Mais son exquise délicatesse fut trompée ; Ryno fut aussi délicat qu'elle. Il ne lut pas un mot de cette lettre dépliée sous son reregard. Avait-il besoin de lire une syllabe pour être certain qu'elle savait se taire? C'est si facile de mourir sans parler! avait dit son délire. Son délire n'avait pas menti.

Mais ce magnifique silence, gardé avec la providence de toute sa vie, ce refoulement de toutes ses douleurs dans son âme, non-

seulement mêlait une admiration attendrie à
l'amour que Marigny avait pour elle, mais
soulevait en lui les nobles scrupules du devoir. « S'il est beau, à elle, pensait-il, d'é-
pargner la tranquillité des derniers jours de
sa grand'mère, et en se privant de l'amère
douceur de la plainte, de ne pas accuser un
mari coupable, est-il grand, à moi qui ai les
torts, d'imiter son silence et de rester, après
l'avoir trompée, trompant la marquise qui a
été pour moi d'une affection si confiante? Je
l'aime toujours, elle, Hermangarde; mais
après ce qu'elle a surpris, peut-elle vraiment se croire aimée? Elle qui touche à
peine à la jeunesse, comprendrait-elle que
je pusse l'aimer et cependant garder dans
mon âme ces foudroyantes influences de dix
ans de passé avec Vellini?... Absolue comme
on est quand on est très jeune; fière, pure et
jalouse, elle ne comprendrait rien à ce mal

enflammé du souvenir dont je suis la victime. Si je lui parlais de mes sentiments,
elle attribuerait peut-être mes paroles les
plus sincères à quelque égarement indigne
d'elle, et dont elle se détournerait, en bais-
sant les yeux. Non, avec elle, son silence
doit dicter mon silence. Mais avec la marquise, cette femme unique, qui comprend
tout et qui connaît déjà ma vie, dois-je rester lâchement silencieux ?... Ne lui dois-je
pas ma confession tout entière, moi qui lui
en ai dit déjà la moitié ? » Et il roulait incessamment dans son esprit de telles pensées.
Ce qui le faisait hésiter encore, c'était de
causer à une femme d'un si grand âge un
chagrin tel qu'elle pourrait bien en mourir. Mais il se rassurait en pensant à la souple force de cet esprit, brisé par toutes les
expériences de la vie ; à cette sagesse des
vieillards qui empêche les blessures morales

III.   15

d'être mortelles, comme la sagesse des jeunes gens empêche les blessures physiques
de les faire périr.

Les jours qui s'écoulèrent irritèrent davantage ce désir de dire tout à la marquise.
Ils furent muets, renfermés, contraints. Ils
traçaient entre Hermangarde et lui à peu
près leur sillon accoutumé; mais sous ce
pli, visible seulement aux surfaces, il y avait
des changements profonds, toute une dévas-
tation d'intimité. Ils en souffraient cruellement tous deux. Épris comme ils l'étaient,
mais comprimant en eux les sentiments
qu'ils s'inspiraient, ils épuisèrent leurs forces dans ce tête-à-tête continu et embrâsé.
Parfois, quand Ryno avait passé plusieurs
heures auprès de cette femme si belle et si
douce, si grave et si contenue, sur cette
causeuse où ils avaient vécu dans l'abandon
des plus tendres familiarités, le désir de

rompre cette glace, l'amour, la pitié, le repentir, tout le poussait à la prendre dans ses bras et à lui dévoiler le fond de son cœur... mais la pensée qu'elle ne le croirait pas l'arrêtait. Jamais pourtant, c'était bien vrai! il ne l'avait autant aimée. Jamais il ne l'avait vue aussi touchante que sous la calme et pâle acceptation du malheur... Cet amour sans confiance, cette vie qui ne demandait qu'à se répandre, et qu'il fallait comprimer, engendraient pour lui encore plus que pour elle des amertumes sans cesse dévorées et sans cesse renaissantes... Il s'en plaignait un soir à Vellini. Avec celle-là, du moins il pouvait montrer la pensée dont il étouffait! Elle le soulageait, en l'écoutant. Ainsi, lien sur lien dans leur destinée! Vellini n'était pas seulement la femme de son passé, la vieille maîtresse, régnant, comme les Rois de droit divin, en vertu des traditions et du

souvenir, le Génie des ruines de sa jeunesse ;
elle était aussi la femme avec laquelle il pouvait être franc ; à laquelle il pouvait tout
dire ; près de qui il se dilatait dans la confiance quand il n'en pouvait plus... quand la
main qui étreignait son cœur était lasse et
qu'il avait besoin de respirer !

— Oui, Vellini, — lui disait-il un soir dans
cette caverne qui abritait leurs entrevues,—
Oui, Vellini, cette vie sans abandon, sans vérité, m'est insupportable. Mon courage est à
bout... j'étouffe. Le front de ton Ryno n'a
pas été fait pour tenir sous un masque. Un
de ces jours, je le sens, le masque ou le front
éclatera. —

Le jour expirait dans le crépuscule. Elle
avait allumé sous la voûte du noir souterrain
une de ces torches de résine, semblables à
celles que les pêcheurs penchent la nuit au
bord de leurs barques pour tromper le pois-

son qu'ils pêchent. Elle le regardait à cette lueur rougeâtre... La pitié ne respirait pas en elle, à l'aspect de son ancien amant malheureux, mais l'attention froide, profonde, inflexible. Elle étudiait le visage altéré de Ryno, comme le chirurgien étudie les dernières crispations des fibres, avant qu'elles cessent de tressaillir. On le sait, elle avait sa conviction exaltée, que l'amour de Marigny pour Hermangarde n'aurait qu'un temps et elle se demandait si ces douleurs en étaient, alors, les dernières phases ?

— Tu l'aimes donc toujours, puisque tu souffres ainsi? — lui dit-elle de sa voix basse et étendue.

—Je ne l'ai jamais plus aimée! — dit Ryno avec une mélancolie passionnée. — Ni sa froideur, ni le sentiment de mes torts, ni l'ivresse puisée sur ton sein, Vellini, ni cette intimité de dix ans, refaite par nous en secret, sur

cette côte perdue, et qui devrait être, n'est-
ce pas ? une diversion puissante à cet amour
que je sens pour elle, n'ont pu l'affaiblir dans
mon cœur. Je l'aime autant que si elle était
la jeune fille d'il y a quinze mois ! que dis-je?
je l'aime davantage. Ce que j'éprouve auprès
de toi, Vellini, ne ressemble en rien à ce que
je sens près d'elle. Vous n'êtes rivales que
de nom. Toi, tu es un de ces êtres qu'on ne
sait comment nommer, un inexplicable pouvoir fait avec les débris d'un amour détruit,
qui, à certains jours, se mettent à reflamber
comme des laves mal éteintes. Mais elle,
Vellini, c'est l'amour même avec ses voluptés et ses souffrances. Le bonheur qu'elle
m'a donné, j'en ai soif toujours. Je n'en ai
pas perdu le goût, même sur tes lèvres rouges quand je les ai retouchées des miennes,
ô mon brasier ! Tu ne m'as rien fait oublier
d'elle. Le sentiment de son amour blessé

m'interdit le bonheur dans ses bras, mais cette fierté la rend plus noble à mes yeux comme elle la rend plus belle. Elle augmente tous les désirs de mon amour. Vivre près d'elle, comme j'y vis maintenant, dans tous les détails de la vie domestique et ne pas oser lui montrer, à cette femme qui est à moi pourtant; qui est ma femme aux yeux de Dieu et des hommes, au nom de tout ce qu'il y a de plus sacré dans les sentiments et dans les lois; ne pas oser lui montrer ce qu'elle est pour moi; rester avec le poids de mon âme, lié de respect à ses pieds et mourir à chaque instant de ce supplice, ah! voilà ce que tu ne comprendras pas, Vellini, toi qui fais toujours ce que tu veux; toi qui n'as jamais résisté bien longtemps à ton impétueuse nature; mais sache-le de moi, c'est bien cruel! —

Son angoisse était si sincère, qu'ils restè-

rent tous deux en silence, lui ne parlant
plus, elle écoutant toujours... On n'entendait
que le vent qui sifflait par les meurtrières
de la roche et le pétillement de la résine
qui brûlait... Ryno, à moitié affaissé sur le
banc où elle était assise, avait, avec les non-
chalances d'une âme lassée, posé sa tête sur
les genoux de cette ancienne maîtresse, qui
le consolait en l'écoutant. Singulière confi-
dente d'un amour qui n'était pas pour elle !
Elle lui coulait l'extrémité de ses doigts fins
le long des tempes, comme si elle eût voulu
magnétiser sa douleur. Elle comprenait bien
qu'il souffrit ; mais elle ne comprenait pas
ces deux délicatesses de fierté invincible
qui se plaçaient entre Marigny et sa femme
comme un mur de cristal, imperceptible,
mais résistant. Femme exclusive qui avait
les yeux de l'âme brûlés par l'amour, comme
il y a des yeux de chair, brûlés par la

flamme ; créature obtuse qui n'admettait pas qu'il y eût dans l'âme humaine quelque chose qui dût l'emporter sur l'amour !

Aussi se tenait-elle muette, étonnée, regardant la tête de Ryno sur ses genoux ; les yeux couverts par les franges noires de ses paupières, cachant dans l'ombre descendante de son front projeté en avant, le sourire de je ne sais quel mépris, errant à ses lèvres ; à ses lèvres labourées par tant de baisers, et sur lesquelles rien n'avait jamais étincelé que l'amour et que la colère ! Penchée comme elle l'était sur Ryno, elle le couvrait tout entier de son corps incliné, en le regardant. Lui la voyait de bas en haut, à la lueur fumeuse de la torche qui donnait aux lignes de son buste les tremblements incertains d'une apparition. La vue attachée à la sienne, comme deux courants qui plongent l'un dans l'autre ; magnétisé par ces

doigts qui promenaient leur toucher à la racine de ses cheveux, Marigny sentit bientôt
ses nerfs agacés se détendre, et tout son
être s'en aller dans une torpeur indicible.
Des lueurs bleues comme les vibrations de
la lumière des étoiles, jouèrent devant ses
yeux allanguis, comme si elles fussent tombées des regards fascinants de Vellini. Dès
sons vagues tintèrent dans sa tête et dans ses
oreilles comme s'il eût perçu à travers le silence les oscillations de l'éther. Malgré le
froid de la grotte, une chaleur moite, subtile,
énervante l'enveloppa en le pénétrant. Ve-
nait-elle des genoux qui servaient d'oreiller
à sa tête accablée? Il ne le savait pas, il ne
se le demandait pas ; mais il souffrait moins,
le corps sur les genoux de cette femme dont
l'âme ne ressemblait pas à une autre âme. Il
lui sembla qu'elle ralentissait les palpitations
de son cœur. Elle endormait peu à peu la

douleur morale sous de profonds aiguillons
de volupté, semblables aux frissons de la
fièvre, quand elle commence à nous venir.
S'étonnait-il de cela?... Impuissante à conso-
ler autrement que comme les parfums et les
breuvages, cette femme, ce souffle plutôt
qu'une âme, enivrait la souffrance avec les
ondulations de son haleine, l'aimant cons-
tellé de ses yeux, la peau titillante de ses
mains. Ce qu'on raconte de la baguette des
Fées qui épanchent des rayons enchantés
sur ceux qu'elles touchent ou qu'elles
douent; ce qu'on dit des philtres des Magi-
ciennes, elle le justifiait, elle aurait pu le
faire croire; et lui qui le sentait, lui dont
elle fomentait les blessures au cœur avec les
attouchements ailés de ses mains éparses et
transfondant à tous les réseaux de ses veines
des flots de vivante électricité, il ne put
s'empêcher, dans les hallucinations de son

être, de penser à ces créatures surnaturelles dont les incantations étaient autrefois si puissantes, à ces philtres dont elle lui avait sans cesse parlé depuis dix ans avec d'incorrigibles superstitions qu'il n'avait pu vaincre, et il lui dit avec la fièvre qu'elle allumait en lui par la fièvre :

— O Vellini, magicienne de ma vie, je crois parfois, quand je suis avec toi, qu'il y a des philtres pour endormir ce que le cœur souffre. Ah ! s'il y en avait, ma charmeresse, comme je te dirais de m'en verser !

— Oui, il y en a, — répondit-elle, heureuse de voir Ryno partager pour un instant les folles croyances dont il avait toujours souri. — Mon Dieu, le philtre, c'était elle-même! Et comme elle lui en avait versé les arômes dans ses intangibles caresses, elle lui en versa bientôt l'essence dans ces étreintes qui fondent deux corps comme deux liquides

qui se pénètrent. Ils restèrent longtemps à
l'épuiser. La torche s'était consumée.....
Ryno, presque évanoui sous des sensations
qui semblaient lui avoir enlevé son âme sans
le faire souffrir, reprit le sentiment de l'existence au contact de quelque chose d'humide
et de chaud qui coula sur son front et sur ses
lèvres, et que l'air de la grotte froidit et sé-
cha... Ils étaient comme perdus dans cette
obscurité profonde. Quand ils en sortirent,
la nuit s'avançait, noire, mais belle comme
la Fille du Cantique des Cantiques. La mer
s'entendait sans qu'on la vît, et les dunes
des grèves dessinaient à peine dans les airs
assombris une ligne sinueuse entre le sable
et le ciel à l'horizon. C'était une de ces
bonnes nuits que bénissent (s'ils bénissent
quelque chose) les contrebandiers de ces rivages. Protégés par d'épaisses ténèbres,
Ryno et Vellini descendirent ensemble cette

falaise que d'ordinaire ils redescendaient séparés. Marigny conduisit la Malagaise jusqu'au petit Pont, et la prenant dans ses bras, cette femme intrépide qui traversait pour lui une lieue de grève sous la garde de son poignard et de son intrépidité, il l'embrassa une fois encore avec le sentiment d'un homme qui s'est interrompu de souffrir et qui va reprendre sa douleur. Il s'en revint au manoir, à pas lents, écoutant de loin la Vellini qui chantait, en gagnant les Rivières, la vieille romance espagnole ,

« Yo me era Mora Morayma
« Morilla d'un bel catar, etc.

La voix s'éloignait et se veloutait, tout en s'éloignant. Mais elle était si vibrante et d'une si mâle gravité, qu'elle résonnait dans l'étendue, comme si les sables mous des mielles avaient été des pavés de marbre retentissants ! Paroles, air, voix, expression,

tout était nouveau pour ces rivages qui n'a-
vaient jamais entendu de chant pareil.
Ryno l'écoutait encore en montant le perron du manoir, et les derniers accents en
frémissaient à ses oreilles, lorsqu'il entra
dans le salon où se tenait sa femme. Trop
convalescente pour sortir chaque fois que
son mari sortait ; craignant d'ailleurs d'être
importune ; soupçonnant qu'il retournait de
temps en temps au Bas-Hamet revoir cette
femme, sortie, elle ne savait d'où, et que le
vieux Griffon appelait la *Mauricaude des Rivières,* Hermangarde était restée au coin du
feu à terminer la tapisserie d'un fauteuil
qu'elle destinait à sa grand'mère: Ryno entra doucement dans le salon où elle était
seule, endormant le bruit de ses pas sur
l'épaisseur des tapis, mais elle n'avait pas
besoin de lever la tête pour bien savoir qu'il
était là...

— Enfin, vous voilà ! — lui dit-elle, et ne
voulant pas faire de cet *enfin* un reproche,
elle ajouta de ce ton simple qu'elle mettait
par-dessus ses peines : je vous attendais
pour le thé. — Deux tasses de porcelaine
rose diaphane étaient en effet sur la table.
En disant ces mots elle leva les yeux vers
lui avec un suave et triste sourire, mais ce
sourire ne s'acheva pas... Une inexprimable
épouvante la frappa d'une pâleur verte.

— O mon Dieu! s'écria-t-elle, qu'y a-t-il?
Quel sang avez-vous au visage? Qui vous a
blessé?... Et elle se jeta à lui, mais elle
chancela.

Ce fut lui qui se jeta à elle. Il s'était vu
dans la glace de la cheminée. Son visage
teint de sang sèché avait un aspect affreux.

C'était cela qu'il avait senti couler sur lui
dans la grotte. Dernière folie de sa Folle
sauvage qui croyait au charme du sang pour

expliquer la fidélité du cœur! Lorsque la
tête sur ses genoux et dans des égarements
qu'il se reprochait, il lui avait demandé des
philtres, elle s'était coupé avec les dents
quelque veine pour lui en donner un qu'il
connaissait, et dont la mystérieuse influence
faisait tout oublier (excepté elle!) à celui qui
en avait bu.

XVII

La sincérité inutile.

L'incident qu'on vient de rapporter n'eut. d'autre résultat que d'avoir ému violemment Hermangarde et donné à Marigny la douceur de la rassurer. « Je me serai déchiré, sans m'en apercevoir, à quelque branche de haie, — lui dit-il, — et le sang de cette égra- tignure se sera figé au souffle du soir. Le sang essuyé (et il l'essuya) il n'y paraît

plus. » Non , il n'y paraissait plus à son visage , mais essuya-t-il l'impression qu'il
avait causée à cette femme pour qui toute sa
vie actuelle devenait de plus en plus un mystère et chez qui il rentrait la nuit marqué de
sang , comme un blessé ou comme un assas-
sin?... En vain voulut-elle regarder dans ses
cheveux et s'attester que la blessure dont il
parlait était fermée , il ne le permit point.
Il en plaisanta avec légèreté, et elle pour
qui les moindres circonstances avaient des
significations cruelles et qui craignait surtout de faire une indiscrétion de sa pitié ,
n'insista pas et se calma , comme elle put ,
en le regardant. Rentrée dans la solitude de
son âme , elle ne connaissait plus , depuis
quelque temps, que les excentricités de la vie
de son mari , naguères encore si partagée.
Elle savait qu'à côté de cette vie , écoulée
près d'elle , il y en avait une autre pour lui

par-delà ces murs qui les abritaient ; sur cette côte trompeuse, qu'elle avait crue long-temps une terre amie, où elle avait planté six mois d'un bonheur incomparable, mais qui étaient morts là, sur pied, comme ils seraient morts à Paris. Tout ce qu'elle avait entrevu, tout ce qu'elle avait surpris de cette existence, à part d'elle, et du jour où le premier doute sur la fidélité de Ryno lui avait mordu le cœur, avait un vague, un inconnu qui asservissait son imagination terrifiée, à l'affreuse idée que Ryno était infidèle.

Hélas ! chaque jour, il l'était davantage. Et chose horrible, mais vraie, et qui doit peut-être éclairer par un côté les contradictions dont est bâti le cœur de l'homme ! il l'était en aimant Hermangarde d'un amour attisé par le sentiment de ses torts. Ah ! quand on n'est que malheureux, une morne paix peut encore régner sur les charbons

éteints de nos félicités fumantes ; mais quand
on est coupable, il n'y a plus de paix possible et le cœur se frappe comme un scorpion,
recourbé sur lui-même, qui ne saurait, en
se frappant, se faire mourir ! Ryno connaissait cette concentration furieuse et vaine. Il
comprenait par les déchirements de son
être, ce que les Livres Saints racontent des
âmes possédées. N'était-il pas la possession
disputée de deux sentiments contraires, qui
luttaient en lui et se terrassaient tour à tour?
Auprès d'Hermangarde, en effet, ce lys royal
au cœur d'or dans son suave calice de neige,
il avait des aspirations d'amour jeune et vrai,
redoublé par le souvenir des plus exquises
jouissances ; mais ces aspirations ressemblaient à celles de l'oiseau dans le vide, —
car la fierté de l'amour trahi d'Hermangarde
avait créé le vide autour d'eux, — et auprès
de Vellini, ce pavot sombre au cœur brûlé,

qui lui versait le lourd sommeil après l'ivresse, comme un néant libérateur, il trouvait
un brûlant apaisement à ses désirs d'une intimité perdue, à ces soifs des lèvres d'une
femme, à cette convoitise d'étreintes, qui le
saisissait devant ce beau corsage fermé
d'Hermangarde, tant de fois ouvert et pressé
sur son cœur, et qu'il fallait regarder maintenant avec le sentiment d'un homme à qui on a
coupé les bras et dont le tronc mutilé bouil-
lonnerait de passion et de volonté impuissante! C'est pour cela qu'il allait incessamment à ces deux femmes, affamé d'intimité,
de confiance, de tendresse, quand il se re-
jetait à l'une qui n'était, hélas! que le Souvenir et qui le renvoyait, gorgé de caresses,
engourdi de sensations, vers l'autre qui était
l'Amour et dont la simple vue renouvelait
son être et ravivait tous ses sentiments douloureux. Martyr et sybarite tout ensemble,

il avait la conscience que les meilleures
choses de sa vie, dignité, caractère, intelligence, facultés de bonheur, puissances du
devoir étaient broyées sous la double meule
de pressoir de cette volupté insuffisante et
nécessaire et de cette torture retrouvée toujours au sein de cette épaisse volupté. Il était
mécontent de lui comme toutes les âmes qui
se jugent et ne se domptent pas. Sa raison se
forcenait dans le harnais de ces passions
terribles qui nous sanglent le cœur et qu'il
ne rompt qu'au risque même de s'éclater.
Ah! l'âme de l'homme n'est pas achevée;
c'est l'ébauche d'une tête de Dieu, sortie de
la gaîne monstrueuse de quelque bloc abandonné! Elle traîne toujours après elle, comme la croupe musclée du lion de Milton se
détirant dans sa fange, les empêtrements du
cahos. Ryno le sentait. Il admettait de plus
en plus que sa conduite de cœur avec sa

femme était déshonorante et pourtant il s'arrêtait court, quand les instincts de sincérité
le poussaient aux pieds d'Hermangarde.
L'idée qui émergeait de ses préoccupations:
que cette sainte créature allait se cabrer devant lui, comme devant un traître, comme
devant une Foi mentie, en amour, quand il
serait vrai comme Dieu même, en lui disant
qu'il n'aimait qu'elle, faisait alors cabrer
aussi toutes ses fiertés... et semblable au
cheval hérissé qui a flairé le précipice, il
s'écartait et se renfonçait dans les grèves, du
côté de la Vellini !... La conviction qu'il avait
de n'être pas compris le reprenait, le re-
ployait, le retordait, lui et ses pensées,
comme un inextricable nœud de serpents.
Dernière ressource de ceux qui souffrent ! il
a levé une empreinte de son âme. Il moula
sa douleur dans un plâtre tourmenté comme
elle, dans cette lettre qu'il avait tant hésité

d'écrire à la marquise de Flers et qu'il écrivit
à la fin, sous l'impulsion de ce besoin de confession , plus impérieux dans l'homme que
le besoin de respirer. Écrite, cette lettre,
avec des bonds et des rebondissements de
plume et de cœur, pareils à ceux d'une
chute d'eau qui tombe de pic en pic au fond
d'un gouffre , il n'osa pas la relire. Il n'osa
pas s'exposer une fois de plus à la vertigi-
neuse vapeur qui s'élevait de toute cette écume de son cœur précipitée et furibonde; et
il se demanda encore s'il y devait exposer la
vieille tête affaiblie de l'héroïque amie qui
lui avait donné sa fille, quand un de ces
évènements imperceptibles à l'œil nu de
l'observation extérieure répondit à ces hé-
sitations et détermina l'envoi de cette lettre ,
comme le tact du doigt d'un enfant détermi-
ne la chute d'un fruit mûr.

Il y avait quelques jours que Vellini un

peu souffrante était restée au Bas Hamet, et
que Ryno, ce malheureux à qui il fallait de
l'opium, n'avait senti les engourdissements
de *sa Torpille*, comme il l'appelait. Il était
allé la voir cependant. Mais il l'avait trouvée, fumant son *cigarro* dans son hamac, en
proie à ce morne dégoût de toutes choses qui
la prenait quelquefois; jaune, ridée et af-
faissée comme si un affreux sirocco avait
pesé sur elle. Revenu auprès d'Hermangarde, l'Yseult aux blanches mains, toujours
sereine comme la Résignation et d'une beauté
inaltérée comme l'eau des sources, il avait
mieux apprécié la différence qu'il y avait entre ces deux femmes. Ce soir-là, entraîné
par l'amour qu'il avait pour la plus belle et
la plus adorable des deux; aimable, car il
voulait lui plaire, il s'assit à ses côtés, comme si elle n'eût pas été sa femme, mais la
jeune fille d'il y avait quinze mois, dont il

eût attendu tout son destin. Inspiré par ces
yeux d'azur qui lui étendaient tout un firma-
ment dans son âme, il fut éloquent comme
la passion vraie, séduisant comme la plus
habile coquetterie. Il eut de ces mots charmants et profonds qui, comme le diamant,
magnétisent et retiennent l'âme attirée dans
les agraffes de leurs feux. Elle l'éprouva,
elle le sentit trop fort; elle vit qu'elle était
fascinée. Elle eut peur, sans doute, du trouble qui se fit en elle, car elle lui mit sa main
tremblante sur la bouche et elle lui dit d'une
voix qui n'avait plus de timbre :

— Taisez-vous !

Il avait plongé ses lèvres dans la conque
moite de cette main, posée sur sa bouche
altérée. Mais les titillations de ces muqueu-
ses idolâtres dans les nerfs les plus subtils de
la main donnèrent des sensations trop vives
à cette femme qui vibrait tout entière,

comme une harpe éolienne, au moindre
souffle de Ryno. Elle retourna vite cette
main dont elle avait d'abord donné la paume
et dont elle n'offrit plus que le dos aux lèvres de son mari; voulant se soustraire à
cette émotion qu'elle connaissait; à la toute-
puissance d'un attouchement pratiqué dans
leurs quarts-d'heure de délire! Ryno comprit ce simple mouvement, cette précaution
contre elle-même, ce mur épais d'une main
retournée qu'elle élevait entre elle et lui, et
cela, oui, cela seul, lui fit mieux sentir qu'il
était isolé; rejeté, dans l'immense isolement
de son amour pour elle! et la lettre à la marquise de Flers partit le même soir.

« Que j'ai longtemps balancé avant de
« vous écrire!—disait cette lettre,—que j'ai
« eu de peine à accoutumer mon cœur à la
« pensée du chagrin que j'allais vous causer!
« Mais il le faut, l'honneur de mon sentiment

« pour vous l'exige. Vous saurez tout. Seu-
« lement, ma noble mère, tout n'est pas
« irréparable. Soyez calme; vous pouvez
« l'être. Lisez la ligne qui suit, pour avoir la
« force de continuer. J'aime toujours votre
« Hermangarde. Je l'aime plus peut-être que
« le jour où vous me l'avez donnée. Après
« cela, continuez! Le reste est étrange, pro-
« digieux, maudit! mais je l'aime. Le bon-
« heur pour vous, pour elle, pour moi, peut
« renaître. Il y a encore de l'espoir.

« Oui, laissez-moi vous répéter cette
« parole comme je me la répète à moi-
« même: J'aime Hermangarde. Mais j'ai
« aimé aussi une autre femme, et cette
« femme, vous la connaissez; je vous ai ra-
« conté ma vie avec elle. Je vous ai dit ses
« puissances, ses fascinations, ses ensor-
« cellements. Je vous l'ai peinte, mais sans
« pouvoir vous la faire ressemblante, cette

« insaisissable Chimère qu'il faudrait avoir
« vue, dans la vie de laquelle il faut avoir
« plongé le flot de sa vie pour en refléter
« éternellement les teintes érubescentes ;
« pour en rapporter, contractés à jamais,
« l'éclat igné et le goût brûlant ! Vous, ma
« mère, qui savez la force des femmes, vous
« avez peut-être tremblé à ce que je vous
« ai dit de celle-là ! En vous parlant de Vel-
« lini, j'ai cru parfois que vous l'aviez
« admirée. Les hommes admirent bien ceux
« qui les foulent aux pieds ! Pourquoi les
« femmes n'admireraient-elles pas encore
« davantage celles d'entr'elles qui foulent
« aux pieds le cœur des hommes ? Eh bien,
« marquise, ce qu'on pouvait craindre est
« arrivé. Ce que je voulais fuir, en m'éloi-
« gnant de Paris, m'a atteint. La vieille
« maîtresse de dix ans ; la Vellini, quittée
« solennellement pour les pures et légitimes

« jouissances d'un mariage d'amour, s'est

« ennuyée de la solitude, de son abandon

« accepté comme une délivrance et m'a

« relancé jusqu'à Carteret.

« Ah! c'est là une histoire bien simple!

« une histoire que toutes les femmes savent

« par cœur. Revenir à celui qui vous a lais-

« sée, tenter de renouer des liens rompus;

« poursuivre l'être qui mourait de toutes les

« lassitudes de l'âme sur un cœur épuisé

« d'amour, le poursuivre parce qu'il ose

« aller vivre ailleurs! se régénérer, se ral-

« lumer par l'absence; sentir les cendres

« qu'on croyait froides se soulever sous les

« pétillements d'un feu qui semblait éteint

« pour toujours; éprouver en mille chocs

« électriques, reçus à la fois, la galvanisa-

« tion d'un amour nouveau pour une autre,

« qui est une injure au passé, un outrage à

« la beauté perdue, une perpétuelle et im-

« puissante jalousie; vouloir tout r'avoir
« dans un effort suprême; croire recon-
« quérir, reprendre, ressusciter; jeter en-
« core ce gant à la destinée avant de mou-
« rir; oui, c'est là une histoire connue et
« que vous avez vue, sans doute, plus d'une
« fois se répéter dans la longue expérience
« de votre vie! Mais écoutez-moi, ô ma
« mère, et dites-moi si vous l'avez vue se
« produire comme je vais vous la raconter?

« C'était le jour même de votre départ.
« Vous vous en alliez. Il semblait qu'avec
« vous s'en allait notre bon génie, le gardien
« fidèle d'un bonheur comme six mois de
« vie humaine n'en ont jamais donné à deux
« êtres qui se sont aimés... Non, il n'y avait
« pas trois heures que vous étiez partie que,
« dans ces campagnes, où vous nous
« laissiez l'un à l'autre, au sein d'une félicité
« créée et protégée par vous, je vis tout-à-

« coup Vellini passer comme un souvenir,
« muet et obscur. J'avais votre Herman-
« garde près de moi. J'avais les yeux et le
« cœur pleins de cette tête sculptée à même
« la lumière et idéalisée par toutes les ado-
« rations de l'amour heureux. Et pourtant
« la vue de cet autre et sombre visage ; de
« cette tête d'argile de Vellini, rongée par
« le temps, pétrie et déformée par mes
« mains, pendant dix ans de passion folle,
« me frappa au cœur d'une incroyable com-
« motion. Elle entra comme un trait ven-
« geur dans l'immense oubli que j'avais fait
« d'elle, et semblable à l'éclair qui coupe
« un ciel tranquille, elle traversa d'un bord
« à l'autre toute mon âme et tout mon bon-
« heur. Pourquoi vous cacherais-je quelque
« chose, marquise? J'avais plusieurs fois
« reçu de ses lettres depuis mon mariage, et
« jamais je n'y avais répondu. Blessée peut-

« être de ce silence, — ou plutôt non, pas

« même blessée, mais cédant à des pensées

« et à des souvenirs plus forts que les dis-

« tractions de sa vie et les résistances de sa

« volonté, elle était venue voir si sa pré-

« sence ne pourrait pas plus sur mon âme

« que les caractères tracés par sa main.

« Vous vous rappelez quelle était son in-

« domptable foi en elle. Vous vous rappelez

« cette veine ouverte, un soir, et dans quelle

« source matérielle et sanglante, elle avait

« pris la fanatique pensée que jamais nous

« ne serions désunis. Elle venait voir si tout

« cela n'était pas réellement la destinée, et

« si je pouvais l'éviter, moi, sur le cœur

« d'Hermangarde, quand elle, au milieu de

« sa vie dissipée, elle sentait qu'elle ne l'é-

« vitait pas!! Nulle mesquine jalousie, du

« reste; nul sentiment haineux ou bas, nul

« désir, nul projet de troubler une union

« qui eût irrité les féroces vanités d'une
« autre femme qu'elle, ne la poussait aux
« lieux où je menais une vie heureuse. Elle
« y venait sans plan arrêté, violentée par
« une attraction souveraine, ayant seule-
« ment *la rage de voir Ryno,* comme elle di-
« sait dans son langage familier et énergi-
« que... Mais qui l'aurait cru? L'aurais-je cru
« moi-même? En venant vers moi, l'attrac-
« tion qui l'entraînait, elle me l'apportait! Elle
« me la soufflait de loin. Elle me l'envoya par
« le regard, comme on envoie la mort, disent
« les pasteurs de la Calabre, en parlant de cer-
« tains yeux qui ont, racontent-ils, ce funeste
« et terrible don. Rencontrés à peine, tant
« nous nous croisâmes vite sur cette route
« où vous veniez de disparaître, j'emportai
« dans notre manoir de Carteret, dans ce
« *nid d'Alcyon* d'un amour sans orages, une
« impression du passé, vivant dans cette

« femme, et qui soudainement en éveilla
« une myriade d'autres, au fond de mon
« cœur! Je crus que toute cette poussière
« de nos débris, qui brille comme des étin-
« celles d'or quand un rayon de souvenir
« les frappe de côté et les colore, tomberait
« et s'apaiserait sous toutes les limpides
« tendresses qu'y épanchait incessamment
« Hermangarde. Je me trompais. Aucun de
« ces atômes enflammés de la vie qui n'est
« plus ne se recoucha après s'être levé. Ils
« s'attachèrent à mon cœur, comme des
« abeilles furieuses s'attachent à un visage.
« Ni les baisers, ni les caresses d'Herman-
« garde, ni les abandons de la plus moël-
« leuse intimité, rien n'abattit ces tourbil-
« lons de souvenirs qui se mirent à rouler
« en moi, comme une trombe d'eau qui
« tourne dans un gouffre. En vain je me re-
« trempai dans les flots de cette sainte inti-

« mité du mariage, comme on noie et on
« neutralise dans les flots d'un vinaigre pur
« le germe morbide de la peste, enfermé
« sous les plis d'un papier ou d'un tissu. Ce
« fut inutile ; le passé, cette nostalgie du
« temps comme le mal du pays est la nostal-
« gie de l'espace, ne me lâcha plus, et vint
« profaner, par des rêveries insensées, un
« amour plein, magnifique, infini, et qui
« jusque-là n'avait réfléchi que lui-même.
« Ah! comme je me soulevai contre cela,
« marquise! Comme la chevalerie de mon
« amour pour votre fille se révolta fièrement
« contre ces aiguillons invisibles, qui fai-
« saient écumer le lion ! Semblable aux Mys-
« tiques de l'Amour divin, j'avais tous les
« scrupules des âmes timorées par un sen-
« timent exalté, et ces rêveries qui me reve-
« naient me semblaient des infidélités la-
« tentes et d'involontaires trahisons. Je les

« combattais comme des remords. Je luttais
« contre elles comme le Guerrier du Tasse
« lutte contre les fantômes dans la forêt en-
« chantée. Je savais bien (j'en aurais juré!)
« que mon amour pour Hermangarde ne
« serait point la proie de ces illusions per-
« dues dont les spectres, en vous regardant,
« ont de si tristes et charmants sourires, de
« ces *remembrances*, comme disent les An-
« glais dans leur langue profonde, qui chan-
« tent mieux que la fleur du Rhin, d'irrésis-
« tibles *ne m'oubliez pas*. Je savais bien que
« la réalité de mon amour pour elle ne tom-
« berait pas devant cette fantasmagorie de
« la mémoire du cœur, plus impitoyable-
« ment fidèle que l'autre mémoire; devant
« ces perspectives de la vie passée, revues
« tout-à-coup, sur un seul signe, dans notre
« âme, et vers lesquelles, effrayés et épris,
« nous nous penchons comme des enfants

« se penchent sur un miroir renversé. Mais
« je ne voulais pas que ces impressions pas-
« sâssent même sur l'extrémité des fleurs de
« mon amour pour elle et en ternîssent, ne fût-
« ce qu'une heure, l'incomparable pureté.

   « Je ne voulais pas... Ah ! marquise, je ris
« encore d'un rire bien farouche de cette
« pensée : Que *je ne voulais pas !* Comme si
« la volonté la plus énergique avait quelque
« prise sur une chose qui fait autant partie
« de notre être que d'avoir vécu déjà, d'a-
« voir déjà senti, d'avoir déjà aimé ! On peut
« empêcher l'amour de naître. Mais ce qui
« *fut*, peut-on l'empêcher d'*avoir été* ? Non,
« Dieu lui-même, tout Dieu qu'il est, n'y
« pourrait rien ! Je ne voulais pas !... Et Vel-
« lini n'eut qu'à se montrer, une seconde
« fois, sur cette plage où je m'étais sauvé
« d'elle, pour me rejeter dans l'esclavage de
« cet asservissant passé, immortel comme la

« pensée, indestructible en nous quand on l'a
« vécu. Ah! le passé, le tout-puissant passé! Il
« semblait seul, réduit à sa seule force, car Vel-
« lini n'y ajoutait pas la sienne. Excepté ce
« charme amer et consacrant des souvenirs,
« il n'y avait rien en elle qui pût balancer les
« dons de jeunesse, de beauté et d'amour qui
« fleurissaient dans Hermangarde, comme
« un merveilleux bouquet du ciel! Elle, Vel-
« lini, n'était plus jeune. Chaque année, en
« passant sur elle, avait laissé son sillon. Il n'y
« avait pas un pli de ses traits, un repli de son
« âme, un duvet de son corps à la peau de
« bronze, que je ne connûsse, qui ne fût
« gravé sur mes lèvres ou incrusté dans ma
« pensée... Pour moi, elle n'était plus qu'un
« être parcouru, possédé, fini, sans décou-
« verte et sans mystère. Et cependant quand
« je la revis! quand je la trouvai, un matin,
« sur cette falaise où elle m'apprit qu'elle

« venait m'attendre ; quand je l'entendis me
« redire les choses mille fois entendues, les
« vieux refrains de toute sa vie, les *auld*
« *songs* de notre longue intimité, je me sen-
« tis réenveloppé dans je ne sais quel filet
« invisible, qui se renouait à mesure que je
« le déchirais ; roulé sous son pied, inextri-
« cablement lié ; perdu ! Je vous raconterai
« quelque jour les détails de cette entrevue.
« Elle s'y montra, non comme une femme
« nouvelle, mais comme la femme des anciens
« jours. Je lui résistai. Je la repoussai. Je
« fus dur pour elle. Je m'entourai de mon
« amour pour Hermangarde ; je le fis briller,
« cet amour, comme un talisman et comme
« une arme dont je lui labourai le cœur.
« Elle ne m'opposa aucun de ces moyens su-
« prêmes, aucune de ces magnifiques ou-
« trances qu'emploient d'ordinaire les fem-
« mes qui luttent pour l'empire ; qui com-

« battent pour leur dernier autel. Elle n'eut
« point une seule de ces coquetteries de gé-
« nie, comme les femmes qui jouent leur va-
« tout de cœur en rencontrent. Elle ne fut
« pas, non plus, une de ces jalouses qui ha-
« chent une rivale aux pieds de leur amant,
« avec des mots que nous ne pouvons nous
« empêcher d'admirer, tant ils respirent
« d'intelligence dans la haine et de passion
« dans leur cruauté! Non, elle ne fut, ni
« plus ni moins, que ce qu'elle avait tou-
« jours été avec moi, — l'enfant colère,
« franc et indompté, la superstitieuse du
« *sang bu ensemble ;* le front ténébreux, noir,
« obtus, qui, pour toute séduction, se ten-
« dait toujours vers moi, avec la même vo-
« lonté, le même désir, la même pensée!
« Mais tout cela, marquise, c'était la vie;
« c'étaient dix ans noués dans le fond de
« nos deux âmes; c'était bien plus qu'il ne

« fallait pour que je sentisse, même auprès
« de notre Hermangardé, comme des bouil-
« lonnements de regrets et les âpres cha-
« leurs d'un sang, fouetté jusqu'à l'écume
« par la présence de cette Vellini retrouvée !
« Et pourquoi ne l'avouerais-je pas, mar-
« quise, à vous qui comprenez toutes cho-
« ses ? Les souvenirs dont j'étais esclave n'é-
« taient en Vellini que la moitié de son em-
« pire. Fantôme vivant des jours passés,
« elle n'avait pas seulement le prestige alli-
« ciant et cruel des mélancolies ; mais elle
« avait aussi, elle avait toujours le despo-
« tisme des plus troublantes sensations. Elle
« vous coulait dans le corps aussi bien que
« dans l'âme, toute une jeunesse ressusci-
« tée ! En la revoyant, on éprouvait toutes
« les vieilles soifs étanchées, toutes les
« vieilles flammes qu'on croyait éteintes...
« Par une combinaison fatale et qui expli-

« quait bien, du reste, la durée des passions
« qu'elle avait inspirées et cette impossibi-
« lité de se détacher qui marquait tous les
« sentiments dont elle avait été l'objet,
« même dans les âmes les plus frivoles, elle
« refaisait de chaque regret un désir et ral-
« lumait le feu épais des voluptés jusque
« dans les profondeurs de la tristesse, sem-
« blable au volcan qui recommencerait ses
« éruptions éternelles dans un cratère pul-
« vérisé! Y avait-il entre mon âme et son
« terrible regard de ces influences mysté-
« rieuses qu'on dit exister entre les élé-
« ments et les astres?... Je ne sais...; mais
« quand je ressentis peser lourdement sur
« mes yeux cet étrange œil noir si profond
« que, comme celui de certaines sorcières
« de la Thrace, il semble doublé de deux
« prunelles, il se remua pesamment aussi
« au fond de moi le bitume d'une mer morte

« de passions, de ferments, de rêves que le
« temps y avait engloutis et qui dormaient
« là, comme les débris des villes coupables,
« sous leurs eaux torpides et croupies.
« Alors, contre ces impressions ressorties
« du gouffre de l'être, l'amour d'Herman-
« garde était un talisman qui ne savait plus
« me défendre ! Sa beauté non plus ! J'y ve-
« nais, chaque jour, avec ardeur essuyer mes
« yeux infidèles, traînés trop longtemps sur
« cette Vellini dont ils s'étaient imprégnés
« comme d'un sable brûlant qui les dévo-
« rait; mais ni mes yeux ni même mon âme ne
« perdaient dans la contemplation des per-
« fections adorées d'Hermangarde, l'im-
« pression prise à regarder cette vieille maî-
« tresse qui résumait dix ans de ma vie, ce
« Succube de mes jeunes nuits, cette jon-
« quille flétrie des *Huertas* de Malaga ! Ainsi
« la beauté la plus admirée était vaincue,

« une fois de plus, par cette incompréhen-
« sible laideur, préférée longtemps à toutes
« choses et dont la possession avait, sans
« doute, créé en moi une de ces dépravations
« que ma raison n'avait jamais acceptée,
« mais que je n'avais pu arracher... dirai-je,
« de mon cœur?... Cette maigre forme de
« Vellini, réapparue dans mon existence,
« hantait incessamment ma pensée. La tête
« appuyée sur l'épaule d'Hermangarde, le
« front enseveli dans cette touffe de lys qui
« n'avait que de bons parfums à me prodi-
« guer, je ne rêvais qu'à Vellini ; je n'aspi-
« rais d'une narine altérée que l'odeur sou-
« venue de la peau cuivrée dont j'avais bu
« la sueur, tant de nuits ! Je cherchais vai-
« nement aux surfaces marmorines de ce
« corps d'ange dans lequel vivait ma pen-
« sée et qui m'appartenait comme la paix
« du ciel appartient à ceux qui l'habitent,

« ces sensuelles émanations, respirées sur
« le sein de Vellini ; ce fumet irritant de la
« bête humaine qui réveille ce qu'il y a de
« plus fauve dans nos appétits de plaisir et
« nous plonge en ces enivrements qui mal-
« heureusement ne tuent pas, comme l'i-
« vresse du mancenillier, mais qui font ma-
« lade pour toute la vie une fois qu'on les a
« éprouvés ! Vous le voyez, marquise, je
« cherche encore à m'expliquer ma folie, à
« me justifier cette incroyable préférence
« qui me ramenait à la Malagaise ! Souvent
« je ne pouvais m'empêcher de croire que
« ce qui me donnait, en pensant à elle, la
« tremblante cuisson de tels désirs était un
« de ces faits pathologiques et monstrueux
« qui dominent également la science de
« l'homme et sa volonté. Je me demandais
« si, dans dix ans de vie commune, j'avais
« développé, à me repaître d'elle, un de ces

« goûts, fils de l'accoutumance, qui, con-
« tractés, ne se perdent plus et vont au con-
« traire s'exaltant et s'envenimant davan-
« tage? Etait-elle pour moi dans un autre
« ordre de sensations, un de ces condi-
« ments enflammés, après lesquels tout pa-
« raît fade et sans saveur? Comme ces fem-
« mes de Java qui mâchent le bétel et don-
« nent aux hommes de l'Europe un mordant
« plaisir qu'ils n'oublient plus quand ils
« l'ont goûté, Vellini, ce *sangre azul* d'une
« Espagne Africaine, avait-elle, avec le ca-
« viar aiguisé et incendiaire de ses caresses,
« allumé dans les sources de ma vie cette
« soif du feu qu'on n'étanche pas avec du
« feu, même en Enfer?... Ah! toutes ces
« questions que je m'adressais vous diront
« assez l'état de mon âme! Il était affreux.
« Je combattais et je sentais que j'étais
« vaincu. J'avais horreur de mon désir

« même, et mon désir s'accroissait de mon

« horreur. J'étais emporté vers la Mala-

« gaisé par quelque chose d'anormal, de dé-

« pravé, de fou, comme serait la frénétique

« envie d'une femme grosse pour un citron

« vert ou pourri. Ah ! je résolus de m'af-

« franchir de ces obsessions continuelles

« qui m'aigrissaient et m'enflammaient le

« sang dans les veines ; de rompre ces

« charmes inouis qui étaient dans l'âme et

« dans les sens tour à tour ; de reprendre

« encore ce limon que je croyais épuisé et

« de le sucer, une dernière fois, pour qu'il

« ne restât rien de ces sucs qui m'avaient

« empoisonné ; enfin de faire naître de tout

« cela un dégoût suprême qui me rejeterait

« purifié aux pieds d'Hermangarde et tout

« entier à mon bonheur !

« Hélas ! je ne sais pas, marquise, s'il y

« avait un autre moyen d'en finir ; mais ar-

« rivé au point où j'en étais avec Vellini, je
« crus vraiment qu'il ne me restait plus que
« celui-là. Vous qui n'avez jamais craint d'ê-
« tre sincère avec l'homme que vous avez
« choisi pour fils ; vous dont l'esprit s'est
« toujours élevé par le fait seul de son ni-
« veau au-dessus des préjugés, des hypocri-
« sies et de la fausse sagesse du monde, au-
« riez-vous pensé que je me trompais ?...
« N'eussiez-vous pas trouvé ma résolution
« téméraire ?... Une lettre que je reçus de
« Vellini fixa un projet que je roulais depuis
« longtemps dans ma pensée, grosse d'agita-
« tions et de doutes. La Malagaise habitait le
« Bas-Hamet-des-Rivières. Elle s'était reti-
« rée chez des pêcheurs, où elle vivait avec
« cette souplesse de nature qui se plie à
« tout, et qu'elle tient peut-être de la dou-
« ble race dont elle est issue. Une nuit, je
« laissai Hermangarde endormie et je cou-

« rus au Bas-Hamet. Les passions qui m'em-
« portaient étaient formidables ; mais je me
« répétais que c'était un coup de partie à
« jouer avec ce maudit cœur auquel je ne
« comprenais plus rien ! Je me disais que je
« rentrerais calme sous mon toît domesti-
« que, que j'allais égorger une bonne fois
« tous ces souvenirs frappés, mais qui palpi-
« taient encore ; que je noierais cette folle
« soif des caresses d'autrefois sous les der-
« niers baisers de deux lèvres flétries. Je me
« prophétisais que le lendemain, nul spectre
« du passé ne s'interposerait entre mon
« cœur et Hermangarde. Je le croyais, mar-
« quise... et cela eût été vrai peut-être, si
« la femme vers qui je courais, n'avait pas
« été Vellini. Je la trouvai dans sa cabane,
« m'espérant, quoique je ne lui eusse pas ré-
« pondu ; sûre que je viendrais, armée de
« cette foi qui est sa force ; fanatique et vê-

« tue comme une Bégum de l'Inde, sensuelle
« et languissante comme une Cadine qui at-
« tend son maître; mettant son orgueil à n'a-
« voir plus d'orgueil et à bien ramper sur
« ses souples reins à ses pieds. Impossible
« de vous dire, marquise, les détails de cette
« nuit, tour à tour heureuse et funeste, dans
« laquelle je ne sais quel plaisir haletant et
« terrible brûla mes remords et fit taire la
« voix éplorée de l'amour ! Je m'en suis ré-
« veillé comme d'un rêve dont on garde
« longtemps les troubles, mais dont la mé-
« moire n'est pas distincte, tant il bouleverse
« les facultés ! Pendant quatre heures d'une
« nuitée d'hiver, dans cette cabane, jonchée
« de paille, comme une grange, la plus vo-
« luptueuse des filles de la terre, la plus ac-
« coutumée à toutes les opulences de la vie,
« l'enfant gâté de la somptueuse duchesse
« de Cadaval-Aveïro, la femme aimée et

« épousée de cette espèce de Nabab anglais,
« sir Reginald Annesley, cette capricieuse
« qui posait en riant ses pieds bruns sur le
« sein nu de sa superbe Oliva, comme eût
« fait une Sultane favorite avec son esclave,
« resta sur des gerbes sèches, entassées de-
« vant un feu de fagots; roulée dans la
« chaleur, la lumière et la cendre comme
« une salamandre; plus puissante et plus
« souveraine dans cette chaumière nue de
« poissonniers normands, que sur les divans
« de sa rue de Provence, dans les dentelles
« et les satins de ses alcôves! Jamais je ne
« compris mieux que tout son charme ne re-
« levait que d'elle seule; jamais je ne com-
« pris mieux qu'elle métamorphosait la vie
« autour d'elle, comme elle la métamorpho-
« sait sur son visage rechigné, maussade,
« un peu dur, quand l'Expression y circu-
« lait tout à coup, avec ses sourires et ses

« flammes, comme une ronde d'astres, éclos
« soudainement dans un ciel obscur, à quel-
« que coup de tympan céleste ! Ah ! oui, la
« nuit vécue sur son cœur est indescriptible !
« Dans ces moments qui passèrent en pétil-
« lant avec la rapidité de la flamme sur une
« ligne de poudre, je ne luttai plus, je m'a-
« bandonnai ! Je voulus concentrer et dé-
« vorer tout mon passé en ces quelques heu-
« res de délire. Remonté sur la croupe aîlée
« de ma Chimère de dix ans, j'en aiguillon-
« nai l'ardeur à tous crins ; j'en précipitai la
« course furieuse, j'essayai de la briser sous
« mon étreinte, pour que tombés, tous deux,
« du ciel, elle ne vînt plus jamais offrir son
« dos tentateur à ma force épuisée ! Hélas !
« marquise, c'était là encore une erreur. Je
« devais échouer dans cette tentative déses-
« pérée. Après l'expérience, le dégoût, —
« ce dégoût purificateur sur lequel j'avais

« compté, — n'arriva pas. Vellini, la bohé-
« mienne Vellini parlait de sort, et vraiment
« elle y faisait croire ! En avait-elle jeté un
« sur moi ?... Quand on la voyait comme je
« la voyais alors, — étendue par terre sur
« ces gerbes déliées, avec des torpeurs de
« couleuvre enivrée de soleil,—je ne pouvais
« m'empêcher de penser à tous ces êtres
« merveilleux rêvés par les Poètes, comme
« les symboles des passions humaines in-
« domptables ; à ces Mélusines, moitié fem-
« me et moitié serpent, à ces doubles na-
« tures, belles et difformes, qu'on dit aimer
« d'un amour difforme et monstrueux com-
« mé elles, et je me répétais que de pareilles
« fables avaient sans doute été inspirées
« aux hommes par des femmes comme cette
« Vellini.

« Ainsi, je sortis de chez elle non pas gué-
« ri, comme je l'avais espéré, mais les artè-

« res plus pleines du poison qu'elle m'avait
« versé; mais la tête et le cœur où j'avais cru
« étouffer tant de souvenirs, débordant d'un
« souvenir de plus! En m'en revenant par
« ces longues grèves dont vous connaissez
« l'imposant aspect, j'avais repris tous mes
« remords, mais il s'y était ajouté la rage
« d'une tentative qui s'était retournée contre
« moi! Vellini m'avait volé mon libre arbi-
« tre. — « Que ta femme soit heureuse et
« aimée! — m'avait-elle dit avec des expres-
« sions inouïes et des sentiments plus inouis
« encore,—mais que des heures pareilles me
« vengent de ton amour et de son bonheur !
« Elle toujours, mais moi, parfois ! » — Et
« moi, comprenant sa pensée, n'admettant
« plus la vie sans cette incroyable maîtresse,
« qui n'avait pas peur de la plus redoutable
« rivale, j'acceptais le partage qu'elle m'a-
« vait proposé. Je ne me préoccupais plus

« que de cacher à Hermangarde une liaison
« qu'il m'était impossible de briser ; que de
« sauver le bonheur de cette noble femme
« et la dignité de notre amour. Oui, mar-
« quise, j'aimais Hermangarde, comme je
« l'aime encore. Le croirez-vous après ce
« que je vous écris?... Croirez-vous qu'à
« côté de cette chose sans nom (car je ne
« l'appelerai pas du nom d'amour) qui me
« liait à la Malagaise, je n'avais pas dans le
« cœur pour votre Hermangarde cet amour
« que vous aviez béni ? Chère mère, d'au-
« tres que vous me le nieraient. Des esprits
« moins perçants et moins éprouvés que le
« vôtre, des intelligences qui ne sauraient
« pas comme vous l'infinie variété de l'âme
« humaine et les singuliers problèmes qu'elle
« cache, ne croiraient pas à une si horrible
« collision dans un seul cœur. Et pourtant
« rien n'était plus vrai ! J'aimais Herman-

« garde ; ah ! j'ai besoin de vous le répéter
« sans cesse et surtout en arrivant au dénoû-
« ment du récit que j'ai osé vous faire et qui
« est encore plus douloureux pour moi que
« pour vous.

« Je rentrai au manoir, marquise, en proie
« à toutes les contradictions des âmes cou-
« pables qui se sentent perdues. Je me sen-
« tais prédestiné à Vellini... Des portes que
« j'avais fermées avec des précautions minu-
« tieuses et que je retrouvai entrebâillées,
« me donnèrent le frisson de pressentiments
« sinistres. J'entrai dans la chambre d'Her-
« mangarde et j'eus l'affreuse certitude de la
« vérité. La malheureuse était évanouie sur
« le pied de son lit qu'elle avait eu peine
« à regagner. Elle était à moitié vêtue ; elle
« avait eu le courage insensé de se traîner jus-
« qu'au Bas-Hamet, à travers les grèves cou-
« vertes de neige et elle avait tout vu !... Je

« l'ai su, je l'appris par les révélations de
« son délire, alors que je veillai nuit et jour
« à son chevet et que le médecin tremblait
« pour sa vie. Elle m'apprit, malgré elle, dans
« ces effroyables insomnies de fièvre et de
« douleur où elle gisait sans connaissance,
« qu'elle avait surpris, par les fentes d'un
« volet mal joint, ce que je croyais avoir
« soustrait à tous les yeux. Esclave d'une ja-
« lousie trop forte, elle avait assisté, l'infor-
« tunée ! à cette scène d'une nuit passée dans
« les bras d'une autre. Combien y était-elle
« restée, sans crier, sans tomber d'angoisse
« sur cette neige; collée à regarder cette hor-
« rible scène qui dut lui déchirer toutes les
« fibres de son cœur?... Son délire ne me le
« dit pas, et quand elle a été arrachée à cette
« mort qui paraissait certaine, et dont j'au-
« rais été la cause, ô mon Dieu ! sa bouche
« a gardé un silence qui me fait plus de

« mal que des plaintes et qu'elle n'a jamais
« rompu par un seul mot. Oh! qu'elle dut
« souffrir dans son amour, dans sa fierté,
« dans toutes les délicatesses de son âme,
« pour être ainsi venue épier dans la nuit
« l'homme qu'elle aimait et en qui elle n'a-
« vait plus foi. Elle avait souvent rencontré
« Vellini dans les grèves et sans doute elle
« avait deviné en cette femme qu'il est
« impossible de ne pas remarquer, quand
« on la rencontre, la rivale que lui cachait
« le destin. Depuis longtemps d'effrayants
« soupçons étaient entrés dans son cœur.
« Elle les y ensevelissait, mais malgré elle
« ils en sortaient... et moi qui les voyais
« ravager intérieurement sa vie, je ne les
« détruisais pas ! Je n'osais pas même y tou-
« cher, tant Vellini régnait impétueusement
« sur moi ! Mentir, marquise ?.., Ah ! c'était
« bien assez cruel pour moi, assez humiliant

« pour l'honneur de votre petit-fils que de
« me taire. Ceux qui aiment sont les vrais
« Voyants ; on ne leur impose pas par des
« mensonges. Mentir, c'eût été une indignité
« en pure perte qui m'eût dégradé aux yeux
« d'Hermangarde comme aux miens, sans
« lui rendre le repos qu'elle avait perdu.
« Après cette nuit fatale, au Bas-Hamet, l'in-
« contestable réalité avait confirmé l'intui-
« tion du cœur. C'était pour Hermangarde
« le dernier coup d'un malheur achevé ! Elle
« pouvait en mourir, elle a bien failli en
« mourir ; l'enfant qu'elle portait dans le
« sein en est mort ! Mais elle, échappée à
« cette mort d'angoisse qui l'a frappée à
« moitié, elle redevenait cette fière et pudi-
« dique Hermangarde, élevée par vous, dont
« le sang est le vôtre et qui sait, comme vous
« l'auriez su, à sa place, dévorer ses larmes,
« — car les femmes des races comme la vô-

« tre, marquise, souffrent des blessures de
« leur cœur en silence, avec la simplicité
« héroïque que leurs aïeux mettaient à mou-
« rir. —

« Et elle ne s'est pas démentie ! Elle n'a
« pas faibli, sous les tenailles de ce supplice
« qui recommence tous les jours ! Voilà
« trois semaines qu'elle est revenue à la
« santé et qu'elle couvre, d'un front calme
« et des sourires les plus sublimes, des dou-
« leurs que je devine torp pour ne pas les
« partager ! Elle est douce et belle comme
« une Martyre, couchée sur des roses flam-
« boyantes, dans un inextinguible bûcher...
« mais la Martyre n'a pas oublié la dignité
« de la femme offensée. Elle s'est reprise
« toute à moi, comme elle s'était donnée.
« Elle a mis entre nous des froideurs que je
« suis obligé de respecter et que j'admire,
« mais dont je souffre de toute la force de

« mon amour. Ah ! chère mère ! notre inti-
« mité est finie ! Le mariage n'a plus entre
« nous de signification divine ! Il n'est plus
« cette union profonde de deux cœurs tran-
« sfondus , comme il l'a été pendant six
« mois ! Rien n'est changé , à ce qu'il sem-
« ble , entre elle et moi , et cependant tout
« est changé ! Nous nous aimons toujours ,
« mais dans cette vie que mes torts et ses
« sentiments outragés nous ont faite , l'a-
« mour n'est qu'un malheur de plus. Qu'est
« devenu ce vieux manoir de Carteret , ce
« *Nid d'Alcyon* que vous aviez placé dans la
« dot de votre fille , pour en abriter le bon-
« heur ? Il ne cache plus maintenant que des
« chagrins et des remords. Marquise , c'est
« moi qui suis le plus malheureux, puisque
« je suis le seul coupable. N'aurez-vous pas
« pitié de moi ?... Je vous dois tant , vous
« êtes si bonne ; vous m'avez montré, quand

« le monde était contre moi, une si intrépide
« confiance que j'aurais rougi de ne pas tout
« vous avouer ; de ne pas vous dire : Voilà
« le mal que j'ai fait, pardonnez-moi, con-
« damnez-moi, mais sachez-le ! Elle ne vous
« le dit pas, elle, mais où elle est sublime,
« je serais infâme. Je ne veux pas courir
« l'horrible chance d'un mépris que je mé-
« riterais si je ne déchirais pas tous les voi-
« les, si je ne versais pas tout mon cœur à
« vos pieds ! Je ne veux pas que vous puis-
« siez mépriser le petit-fils que vous avez
« choisi, le Ryno à qui vous avez tendu la
« main et donné votre sang à pur don ! Votre
« estime m'est plus chère que votre vie et
« Dieu sait pourtant si je donnerais volon-
« tiers la mienne pour vous! Oh ! j'ai tremblé,
« je tremble encore que cette lettre ne soit
« une rude atteinte à votre vieillesse, mais
« être trahie, mère, cela fait plus de mal

« que de mourir. J'aimerais mieux vous
« avoir tuée que de vous avoir trahie, dus-
« sé-je en être inconsolable, dussé-je en
« mourir de désespoir, après vous ! Pardon-
« nez-moi ces affreuses paroles qui m'é-
« chappent. Vous ne mourrez pas. Vous êtes
« sous la sauve-garde d'un esprit immortel
« qui domine en vous une sensibilité redou-
« table, il est vrai, mais que vous avez tou-
« jours gouvernée. Votre bonté vous sou-
« tiendra. Votre affection pour vos enfants
« vous inspirera du courage. Vous ne mour-
« rez pas ; vous vivrez pour nous ! Nous
« avons besoin de vous, mère. Il n'y a que
« vous qui puissiez ressusciter le bonheur
« que vous avez créé. Il n'y a que vous qui
« puissiez replacer mes bras autour de la
« divine femme que vous m'avez donnée et
« nous marier une seconde fois. Avec votre
« imposante connaissance de la vie, avec

« cette sagesse indulgente et comprenante

« qu'on aime et qu'on respecte en vous,

« vous expliquerez à votre Hermangarde

« ces contradictions de l'âme d'un homme

« qui aime et qui a manqué de fidélité dans

« l'amour. Elle vous croira, vous. Moi, elle

« ne me croirait pas. S'il y a un pardon et

« une amnistie pour de telles fautes, ce par-

« don et cette amnistie couleront de son

« cœur dans le mien à votre parole. Il est

« impossible que tout soit brisé entre nous !

« entre deux êtres qui n'ont pas cessé un

« seul instant de s'aimer ! Ah ! si vous saviez

« comme le sentiment de mes torts envers

« elle a redoublé la force de mon amour !

« Si vous saviez comme l'admiration pour

« cette femme qui cache une affection bles-

« sée sous une froideur éloquente, s'est

« jointe à cette adoration que vous avez vue

« naître, et qui n'a jamais défailli dans mon

« cœur ! Si vous voyiez cela comme je le
« sens, vous auriez encore de l'espoir... La
« peine que je vous cause aujourd'hui serait
« diminuée. Vous vous diriez que le meil-
« leur de Ryno est resté tout à votre fille,
« malgré l'entraînement des souvenirs , et
« vous dicteriez à Hermangarde un pardon
« qui rappellerait la félicité des jours passés
« et qui la rendrait plus touchante !

« Et maintenant je vous ai tout dit, ma
« noble mère. Je me suis confessé à vous.
« J'ai agi avec vous comme l'Église catholi-
« que, — cette source de toute vérité, —
« ordonne qu'on agisse avec Dieu. N'avez-
« vous pas été le Dieu de ma vie par la
« bonté, par la confiance, qui est le plus
« beau rayon de la bonté parmi les hom-
« mes? Je viens vous dire aussi comme à un
« confesseur : Prenez la direction de ma
« vie ; c'est mon âme que je remets entre

« vos mains. Protégez-moi contre moi-mê-
« me. Donnez-moi vos conseils, je les sui-
« vrai. Ce que vous exigerez, je le ferai,
« mon excellente mère. Vous savez mainte-
« nant ce qu'est Vellini pour Ryno. Vous
« comprenez à présent ce que je vous ai dit,
« un soir, quelque temps avant mon ma-
« riage, lorsque je vous eus raconté mes dix
« ans de vie avec elle. Alors je voulais m'é-
« loigner et aller assez loin pour qu'elle ne
« pût pas me rejoindre. Je savais le charme
« inextricable de cet être exceptionnel qu'on
« aime et qu'on déteste, peut-être à force
« de trop l'aimer ! Je savais la pesanteur du
« passé sur mon âme. Oui, j'avais comme
« un pressentiment de ce qui devait sui-
« vre.... Mais le bonheur d'être aimé d'Her-
« mangarde l'étouffa dans mon cœur, ré-
« envahi par toutes les crédulités de la jeu-
« nesse ! Eh bien, ce que je pensais à accom-

« plir, je l'accomplirai. J'emporterai ma
« femme à l'autre bout du monde pour n'ê-
« tre qu'à elle, pour ne plus revoir Vellini,
« cette dominatrice Vellini , toujours plus
« forte que cette âme que j'ai crue forte
« dans mes jours d'orgueil! Marquise, en ce
« moment, je viens de la quitter encore,
« cette incompréhensible créature , dont
« vous seule peut-être nous auriez donné le
« mot, si vous l'aviez connue.... Je viens de
« la laisser froide , lourde , meurtrie, avec
« un front couvert de vapeurs plus épaisses
« que tous les miasmes du lac de Camarina,
« remués par une foudre qui s'y serait
« éteinte ; se balançant stupide et morne,
« dans son hamac. Je l'ai quittée souvent
« ainsi , croyant qu'enfin ce dégoût, cette
« laideur, cette stupidité, ces ténèbres, cet
« anéantissement seraient éternels, mais hé-
« las ! m'abusant toujours ! Le lendemain,

« une heure après, — avec un mot de sa
« voix,—avec un de ses regards qui s'en vont
« de côté tomber dans le mien, — avec une
« inflexion de ses membres de mollusque,
« dont les articulations d'acier ont des mou-
« vements de velours, — elle faisait tout-à-
« coup relever les désirs, entortillés au fond
« de mon âme, comme le soleil fait retour-
« ner vers lui des convolvulus repliés !....
« Que ne puis-je dire, sûr que tout est fini
« de sa sorcellerie immortelle : je l'ai vue
« aujourd'hui pour la dernière fois ! Mais
« pour cela, il faudrait s'enfuir, quitter ce
« pauvre Carteret où vous reveniez ce prin-
« temps et où nous avons coulé des jours si
« paisibles. Il faudrait, pour longtemps, s'é-
« loigner de vous, qui êtes une part vivante
« de notre bonheur. Ah ! ce serait dur pour
« tous les trois, je le sais. Mais si vous le
« décidiez, cet éloignement que j'ai toujours

« cru nécessaire, je vous obéirais sans mur-
« mure. Je ne serais pas moins courageux
« que vous. Dictez donc ma conduite, chère
« mère. Dois-je voyager avec ma femme
« plusieurs années?... Dites! Ne plus re-
« voir cette Vellini, n'est-ce pas le plus
« sûr?... Tant que je la verrai, tant que j'au-
« rai chance de la rencontrer, je douterai
« de moi. Elle incarne trop le souvenir, et
« cette incarnation est si brûlante!... Ah!
« je suis las et impatienté de ne pouvoir
« m'arracher à l'influence de cet être chétif
« que j'ai brisé un peu plus encore, à force
« de le presser sur mon cœur! Je souffre
« par trop aussi d'être écartelé à deux sen-
« timents contraires! Pour en finir, j'imite-
« rai plutôt ce prisonnier qui se trancha lui-
« même avec la hache, laissée à ses pieds
« par ses bourreaux, la main qu'ils lui
« avaient scellée dans la pierre. Je me cou-

« perai les jointures de ce misérable cœur
« traîné à deux femmes, et je dirai à Her-
« mangarde : « Ce n'est pas ma faute, à moi,
« si j'ai aimé Vellini, avant de te connaître !
« Pourquoi Dieu ne nous a-t-il pas créés le
« même jour et placés l'un à côté de l'autre
« dès le commencement de la vie?... Seule-
« ment si ce n'est pas un affreux polype que
« ce cœur que nous portons dans nos poi-
« trines , et s'il ne repousse pas avec ses
« souvenirs, à chaque coup mortel dont on
« le frappe, console-toi, ma tendre amie, le
« mien t'appartient maintenant sans par-
« tage. Je l'ai mutilé, mais je l'ai fait libre
« pour qu'il ne fût plus qu'à toi seule, et
« que chaque atôme de vie qui l'anime fût
« pur de tout ce qui ne serait pas toi. »

                                 « RYNO. »

Qu'aurait produit une pareille lettre, si la
marquise de Flers l'avait reçue? Malheureu-

sement peu de jours après qu'elle eut été
envoyée, des nouvelles de Paris arrivèrent
au manoir et y jetèrent une noire inquiétude.
Ryno put craindre d'avoir porté à sa bien-
faitrice et à sa grand'mère le coup funeste
dont la pensée avait retenu sa confiance
et différé ses aveux. C'était la comtesse
d'Artelles qui écrivait à Hermangarde. Elle
lui mandait qu'un mal subit avait saisi la
vieille marquise, et elle pressait les jeunes
mariés d'arriver à Paris en toute diligence,
car madame de Flers pour qui tout danger,
à son âge, était une menace, désirait les voir
et les embrasser, si elle devait mourir. Ryno
lut sous les termes contraints et sombres de
ce billet, tracé d'une main émue, que le mal
était bien plus grand que la comtesse ne le
disait. Il ne voulut point augmenter les
anxiétés de sa femme en lui confiant ses
pressentiments, mais il se demandait si sa let-

tre (et il la regrettait !) n'avait pas déterminé une catastrophe dont, au fond du cœur, il ne doutait plus.

Ils quittèrent Carteret en grande hâte, trop préoccupés de l'état alarmant de leur grand'mère pour se détourner et jeter un dernier regard de regret sur cette côte où ils avaient été heureux. En quelques heures, le nid d'Alcyon abandonné redevint le manoir vide et solitaire, sur le toit gris duquel les vents de la mer chantaient, depuis si longtemps, leur longue chanson indifférente ! Les pressentiments que le billet de madame d'Artelles avait inspirés à Marigny ne le trompaient pas. Quand ils arrivèrent, sa femme et lui, rue de Varennes, l'excellente marquise n'existait plus. Madame d'Artelles avait épargné à Hermangarde la soudaineté d'un malheur que personne n'avait eu le temps de prévoir. Elle leur raconta, toute

brisée de la perte d'une ancienne amie, —
qu'elle était morte dans son boudoir gris et
rose, assise dans son fauteuil comme à l'ordinaire, — qu'elle s'y était éteinte, paisible-
ment, presque suavement, comme une
lampe, après sa dernière goutte d'huile par-
fumée. Elle n'avait point souffert : elle s'était
affaiblie. Jamais le mot : Elle s'en est allée,
pour : elle est morte, n'avait été plus juste
et mieux appliqué. La veille, le jour même
rien n'indiquait cette fin subite et douce.
« Ma chère comtesse, — avait-elle dit à madame d'Artelles, — je crois que c'est mon
dernier bonsoir que je vous souhaite. Pourquoi vivrais-je? mon œuvre est achevée. Ils
sont heureux. Je n'ai plus de raisons pour
durer. » Madame d'Artelles ne voulut point
la quitter dans cette rêverie d'une mort pro-
chaine, et elle expira au milieu d'une phrase
gracieuse dans la nuit, en causant avec

cette amie, sa partner de conversation depuis quarante ans.

Ainsi Marigny avait eu tort de craindre. La marquise était morte dans l'illusion qu'ils étaient heureux. Dieu lui avait sauvé l'angoisse des confidences de Ryno. Quand cette lettre dans laquelle il avait cherché l'apaisement d'une âme qui étouffe, comme d'une apoplexie de sentiments inexprimables, parvint à Paris, madame de Flers n'était plus, et la comtesse garda, sans en rompre le cachet, cette missive dont l'écriture lui était bien connue et qui ne s'adressait plus à personne. Par un de ces hasards dont se compose la trame mystérieuse du drame humain, peu de jours après l'arrivée de M. et de madame de Marigny, madame d'Artelles remit à Hermangarde cette lettre cachetée, comme si elle l'eût remise à la main même qui l'avait écrite. Elle avait été si longtemps témoin de cette communauté de toutes choses qui existait entre Hermangarde et Ryno, et croyant aussi, comme la marquise, que ce bonheur dans la tendresse n'avait pas encore rencontré d'écueil, elle n'imagina pas que la femme qui pensait par la pensée de son mari pût ignorer le contenu d'une lettre que ce dernier avait écrite. Elle la lui remit donc tout naturellement, et Hermangarde l'ouvrit sans trop songer à ce qu'elle faisait, la mort de sa grand'mère lui ayant causé un de ces chagrins qui distraisent de tout ce qui n'est pas la pensée fixe, inconsolable... Une fois engagée dans cette lecture, pouvait-elle s'arrêter?... Les sensations qui l'entraînaient, qui la suspendaient à ce récit plein de remords, de regrets, de luttes de cœur si cruelles et de lumières si fulgurantes sur cette *Mauricaude des Rivières*, cette rivale inconnue, devinée, haïe au premier coup-d'œil, étaient trop vives, trop maîtrisantes pour qu'elle ne lût pas, jusqu'à la fin, ces poignants détails. Elle s'y précipita, elle s'y roula, poursuivie. poussée par ces cris, ces explications, ces analyses de Ryno qui la mordaient au cœur, à la tête, partout, comme un cerf forcé par des limiers féroces. Puis, quand elle eut touché le terme de cette confession dans laquelle Ryno demandait à sa grand'mère de le rendre à la femme qu'il aimait et de l'ôter à celle qu'il n'aimait plus, elle remonta cette lettre page par page, ligne par ligne, presque mot par mot, comme on repasserait dans les halliers qu'on aurait teints de son sang, avec le plaisir douloureux de le voir ruisselant aux épines. Peut-être une âme moins royale que la sienne eût entendu la voix de cet amour qui se débattait sous les regrets et sous des impressions qu'il insultait, pour mieux les vaincre. Elle en aurait

été touchée de pitié. Mais elle, non. Elle ravivait seulement son désespoir en se retrem-
pant dans ces eaux amères. Elle ne comprenait pas les empires partagés et que le cœur
de l'homme ressemblât au globe qu'il foule
et dont une moitié plonge dans la lumière
quand l'autre s'abîme dans la nuit. Le fil de
l'âme de son mari, elle ne l'avait plus. Elle
se perdait dans ce labyrinthe du cœur d'un
homme. Quand Marigny rentra, il la trouva,
assise devant le guéridon de sa grand'mère,
lisant encore cette énigme qui ne se résol-
vait pour elle qu'en la déchirant. Il s'approcha d'elle. Sa physionomie lui disait ses agi-
tations.

— Ah! s'écria-t-il, délivré du poids d'un
silence qui était la moitié d'un mensonge,
vous savez tout maintenant. Si vous m'avez
compris, ne me pardonnerez-vous pas?... Et

il la prit dans ses bras pour la première fois
depuis qu'elle le savait infidèle.

Elle en frissonna de ce mystérieux frisson,
fait de terreur, de volupté, de désir et qu'ont
les jeunes filles que nous pressons, pour la
première fois, sur nos poitrines. N'était-elle
pas redevenue jeune fille, sous les froideurs
de ce mariage, glacé tout-à-coup par la fierté
de l'amour offensé, — comme cette blanche
fleur qui fleurit sous la neige et la perce au
jour de l'hiver?...

— Hermangarde, reprit Marigny, tu le
vois, je t'aime. Ce n'est pas le hasard, c'est
notre grand'mère qui a voulu que madame
d'Artelles te remît cette lettre et non à moi.
C'est là encore une manière de nous proté-
ger dans la mort; de nous rapprocher du
fond de sa tombe. Ce que je n'aurais pas
osé te dire, elle te l'apprend, elle... Oui, j'ai
été bien coupable, bien entraîné, mais je

n'oppose à cela qu'un mot vrai : Je t'aime.
Est-ce que ce mot-là, dit comme je le dis, —
et il le disait avec la séduction d'un amour
sincère , — ne peut donc pas tout effacer ?

— On n'aime pas deux femmes , — répli-
qua-t-elle avec l'expression que dut avoir
Christine de Suède quand elle prononça en
regardant sa couronne le *Non mi bisogna è
non mi basta* de son abdication. —

— Mais, — répondit-il, la tenant toujours
liée de ses deux bras, — je n'en aime pas
deux. Je n'en aime qu'une. Vellini n'a que
les souvenirs, mais toi, tu as l'amour !

—Tant pis alors,— dit-elle sans amertume,
se levant toute droite dans les bras de Ryno,
inexorable comme la Justice, triste comme
le dernier mot du Destin. — Il vaudrait mieux
qu'elle eût tout, elle... vous seriez heureux,
et vous pourriez m'oublier, moi qui n'ai pas

de souvenirs de dix ans pour vous captiver !
Vous ne souffririez pas comme je souffre.
Vous ne sauriez pas à votre tour ce que c'est
que l'amour sans l'espoir et sans la confiance, car, Ryno, *je ne vous crois plus !*

XVIII

L'Opinion de deux Sociétés.

Il y avait un peu plus d'un an que le Manoir de Carteret n'avait revu ses hôtes, et tout y était redevenu triste, inanimé et muet, comme avant l'arrivée de madame de Flers et de ses enfants. Depuis cette époque, le *logement des maîtres*, — comme disaient les fermiers du manoir qui habitaient dans une des cours, — était resté strictement fermé.

Seulement quand il brillait un rayon de soleil sur cette plage, on ouvrait les per-
siennes et les fenêtres, et on donnait un
peu d'air aux draperies des appartements.
C'est ce qu'on avait fait, ce soir-là. On sortait
des derniers jours de juin et le temps était
digne de cette saison qui va être l'été et qui
est le printemps encore.

Le ciel avait la beauté d'un ciel du Midi.
Le soleil qui se plongeait à mi-corps dans la
mer unie semblait s'y dissoudre, et lui donnait, tant elle était calme, la physionomie
d'un lac d'or. Les blanches maisons de Carteret, qui n'ont qu'un étage, étaient teintées
de rose, sous les rayons obliques de ce soleil
couchant, qui, croûlant doucement à l'horizon, n'éclairait plus que les objets placés
au niveau de la mer au sein de laquelle, par
degrés, il disparaissait. Tout ce qui dépas-
sait ce niveau, la falaise, les pics des Dunes,

l'église et son clocher en aiguille, pointu
et blanc comme les anciennes coiffures des
paysannes du Cotentin, les peupliers à la
cime frissonnante et verdâtre, plantés sur
les fossés du cimetière et qu'on entr'apercevait de la grève, par le chemin qui mène
à l'église, s'étaient comme essuyés des lueurs
étincelantes qui les avaient noyés longtemps
et avaient repris, dans un ciel clair encore,
mais sans prisme, la netteté pure de leur
propre couleur. L'air était chaud comme la
vapeur d'un four, malgré l'heure avancée et
une brise qui commençait de s'élever. Le sable avait gardé l'impression du soleil brûlant qui l'avait frappé toute la journée. Ce
soir-là, la grève était plus animée qu'à l'ordinaire. Les enfants du village, à peine vêtus, erraient en différents groupes sur les
bords du hâvre. Les uns jouaient au palet
avec le galet plat du rivage et les autres bar-

bottaient, les jambes nues, dans des trous
creusés par eux dans le sable et que l'eau de
la mer, qui filtrait partout sous ces arènes,
allait bientôt remplir. Les garçons de ferme
des terres voisines chassaient devant eux les
pesants chevaux de labour, chargés de varech, et les douaniers qui devaient faire une
battue nocturne sur la côte préparaient, dans
l'anse du hâvre, leur *patache*, petit bâtiment
à voile triangulaire beaucoup plus poétique
que son nom. Assis sur les marches de cet
escalier qui conduisait de la cour du manoir
à la grève, le vieux Griffon se chauffait à ces
derniers rayons d'un beau soir, doré, long,
splendide. Il avait l'immobilité d'une statue,
avec ses yeux blancs, sans regard, qui ne
voyaient plus la mer, — cet amour ardent
de toute sa vie, — la seule chose que dans
cet univers dont il avait vu le dessus et le
dessous, il regrettât de ne plus apercevoir en-

core, du fond ténébreux de sa cécité.

C'était l'heure touchante et solennelle où,
tant de fois sur le pont chancelant du navire,
— dans les mers où il avait passé, — il avait
adressé à la Vierge Marie cet *Ave Maria* du crépuscule qui rappelle aux matelots en mer l'*An-*
gelus sonné aux cloches de la patrie. Barneville
alors le sonnait d'un ton grave à sa tour car-
rée et le clocher aigu de Carteret le répétait
d'un timbre chevrotant et clair. L'ancien
matelot, perdu dans ses souvenirs de jeunesse, que la vieillesse et la cécité rendent
plus distincts par le repoussoir de leurs doubles ombres, écoutait ces bruits d'un jour
mourant dont il ne voyait plus la lumière.
Tout à coup il fut tiré de sa rêverie par un
pas lourd qu'il reconnut sur les coquillages
dont la grève était parsemée, et le bruit
d'un bâton qui frappa contre les marches
sur lesquelles il était assis.

— Bonsoir, père Griffon, — dit la voix
traînante du mendiant qu'on a vu errer
dans cette histoire, — qué'qu' donc que vous
faites là, immobile comme un Saint de pierre,
à bayer aux mouettes par un si biau temps?

— Eh ! répondit le matelot, je réchauffe
ma vieille membrure à ce soleil que je ne vois
plus et que j'aime à sentir sur mes os. Des
mouettes ! ah ! que ne puis-je en voir la queue
d'une, à ces pauvres bêtes ! Mais les yeux ont
fini leur service ; il n'y a plus de lumière dans
le bassinet : c'est fini, mon bonhomme. Qui
m'aurait dit autrefois que moi, Griffon, le
contre-maître de *l'Espérance*, j'en viendrais
à me planter, des heures durant, comme un
cul-de-jatte sur ces chiennes de pierre, sans
avoir tant seulement un bout de corde entre
les doigts, j'en aurais levé les épaules de
mépris et pourtant, le diable m'emporte !
c'eût été la pure vérité ! — oui, c'eût été la

vérité, — reprit-il après une pause, avec la
singulière mélancolie des hommes d'action
qui n'agissent plus, — il était écrit que Jean-
François-Nicolas Griffon verrait de ses deux
yeux qu'il n'a plus, périr bien des équipages,
mais qu'il échapperait, lui, de tant de braves
gens, à l'abordage, à la tempête, à la faim,
aux rages du canon et de la vague, pour enfin venir misérablement mourir à terre,
comme un saumon charrié par le filet à la
rive, et qui n'a plus assez de reins pour
ressauter dans les eaux !

— Bah ! — dit le pauvre, qui comme tous
ses pareils, avait son espèce de philosophie,
— qu'importe où l'on meurt ! Qu'importe la
fosse où l'on nous pousse quand le fond du
bissac est usé ! Vers ou poissons, c'est tout
un quand il s'agit de nos charognes... Mais
v'zêtes encore diablement solide, père Griffon, et v'n'allez pas de sitôt lever l'ancre,

comme vous dites, vous autres matelots. ——

Tout en parlant ainsi, mains et menton appuyés sur sa gaule, il vit que les fenêtres, ordinairement fermées du grand salon du manoir étaient ouvertes et que les brises agitaient, par-dessus la rampe, les rideaux de velours ponceau atteints d'un dernier rayon du soleil.

— Tiens, — dit-il avec ce regard de mendiant à qui rien n'échappe ; car qui a besoin d'être dans la vie meilleur observateur qu'un mendiant ? — tiens, les fenêtres du manoir sont tout grand ouvertes ! Est-ce que les maîtres seraient de retour ou qu'on les attendrait ces jours-ci ?...

— Nenny dà ! fit le père Griffon. Ils ne sont pas venus et on ne parle pas qu'ils viennent, m'a dit le fermier, l'autre soir. La marquise est morte l'an passé quand ils s'en allèrent ; c'était son bien à elle, et qu'elle aimait que sa terre de Carteret, qui est, après tout, un beau bien. Mais les enfants n'ont pas toujours le goût des pères : les jeunes gens ne pensent pas comme les anciens. P't'être qu'on ne verra pas de sitôt de maîtres au manoir.

— Que le bon Dieu nous protège ! dit le mendiant. Ils faisaient du bien, tout jeunes qu'ils fussent, autant que la vieille marquise. Quand elle s'en retourna, les laissant au manoir, on ne s'aperçut pas qu'elle y manquât, ma *finguette !*... L'ouvrage alla tout de même dans Carteret pour ceux qui travaillent, et l'aumône itou pour tous ceux qui comme *mai* sont cassés par l'âge et ne peuvent plus tenir un manche de charrue ou un fouet.

— Vère ! — répondit Griffon, — Ils sont de bonne race ; ce sont de braves gens, des gens de vieille roche, bons et sains comme de l'eau de mer. Vous avez, père Loquet, perdu une bonne porte, quand ils sont partis !

— Ce n'est pas mentir, ma *finguette!* avec
c'ha que j'en avais perdu une autre pour le
moins aussi bonne, à la mort de la défunte comtesse de Mendoze, qui s'en est venue tourner
l'œil à sa terre de la Haie-d'Hectot. Encore une
digne dame, celle-là, et morte si jeunette...
de la *pérémonie*, à ce qu'ils disent (1). Ah !
s'il faut que les grandes gens s'en aillent, et
qu'il n'y ait plus que les fermiers sur les
bonnes terres, ce sera un fameux malheur
pour le pays ! —

Et comme, malgré l'heure, il faisait chaud
sur cette grève et à trois pas de ce mur qui
avait répercuté le soleil tout le jour, il ôta
son grand chapeau, le planta sur l'extrémité
de son bâton et du revers de sa main calleuse

(1) Pulmonie.

il essuya la sueur qui collait ses cheveux gris à son front labouré de rides.

— C'est étonnant, dit-il, v'là la demie de sept heures qui sonne partout, à Barnevillé et à Carteret, et il fait chaud comme à midi. Je viens de loin et je m'en retourne loin ; je prendrais b'en un verre de bon cidre pour sécher ma sueur. —

On voyait, à son air gaillard et à son bissac posé en baudrier sur son corps et gonflé aux deux bouts par les charités qu'on lui avait faites, que sa journée avait été bonne.

—Si vous n'étiez pas paresseux comme un vieux liron, reprit-il, j'vous dirais b'en de v'nir *quant et moi* jusqu'au Bas-Hamet de la Butte. J'ai récolté qué'que mauvais sous dans les presbytères aujourd'hui et j'pourrions d'viser, en amis, des affaires du temps passé d'vant une chopine ou même un pot. Ç'a vous va-t-il, mon vieux sabord ?... ajouta-t-il gaî-

ment de sa voix mordante. La bonne femme
Charline a acheté dernièrement un tonneau
fait avec le crû le mieux famé de Barneville.
C'est le meilleur *baire* de la côte : amer à la
bouche, doux au cœur !

— Merci, — fit le contre-maître de *l'Espé-*
rance... — c'ne serait pas de refus, si le Bas-
Hamet n'était pas si loin et si j'avais mes yeux
pour en r'venir ce soir, à la tombée. Mais à
c'te heure, aveugle comme je suis, il est bien
tard pour naviguer tout seul, sans boussole,
dans une lieue de sable, car j'ne suis pas de
ces aveugles qui s'orientent d'eux-mêmes,
comme j'en ai vu... et du diable ! si le cidre
de la Charline, tout bon qu'il est, serait capable de me faire retrouver mon chemin
perdu.

— Si ce n'est que c'ha, — répliqua le mendiant qui, ce soir-là, était bon compagnon,
— bougez-vous *de de là* et vous en venez.

C'est aujourd'hui la veille de la Saint-Jean, le plus long jour de toute l'année; j'avons le temps de siffler un pot ou deux, et même un coup de gin par-dessus, avant la nuit close. Quoiqu' j'aie tout le chemin de Sortôville à faire, mes quilles ne sont pas tellement lasses qu' j'ne puisse b'en vous reconduire jusqu'au Petit-Pont. Une vieille chouette comme *mai* ne craint guères de s'attarder en route et marche aussi bien de nuit que de jour.

Tope donc! — dit Griffon qui se leva de ses marches. — Et ils prirent le chemin du Bas-Hamet, en coupant diagonalement la grève pour arriver plus vite au cabaret de la Butte. Le soleil avait disparu dans les flots. Leur miroir, lisse comme un bassin, changeait ses reflets d'or en couleurs violettes qui s'évanouissaient à leur tour dans la couleur accoutumée de cette mer, verte le soir

III.   19

comme une prairie. Le plein était superbe
et silencieux. Le vent d'ouest n'apportait
dans l'étendue que le chant monotone des
vachères qui revenaient de traire ou qui y
allaient du côté des terres de Barneville. Ar-
rivés à un petit bras de mer, oublié par le
reflux, comme il y en avait tant sur ces
grèves, ils ôtèrent leurs chaussures et passèrent à gué, les jambes nues, dans ces
eaux tièdes de toutes les fermentations d'un
beau soir d'été. Ils avaient tous deux l'habitude de marcher dans ces sables où l'on enfonce jusqu'aux chevilles. Aussi atteigni-
rent-ils bientôt le but de leur course. Quand
ils eurent dépassé le houx de la Butte, le
jour était haut encore, quoi qu'un mince
croissant montrât déjà sa corne pâle dans un
ciel foncé qui devenait de plus en plus gros-
bleu... Le varech, étendu devant les quelques maisons qui composaient le Bas-Hamet,

exhalait l'odeur marine ét forte qu'il con-
serve, quand le soleil l'a desséché. Avant
d'entrer dans la cabane de dame Charline,
ils entendirent la voix aigre de cette véné-
rable commère faire un insupportable dessus à d'autres voix et le joyeux frémissement
d'une friture, alors que le beurre, étendu et
bouillonnant sur la poêle, attend le poisson
qu'il va pénétrer. Charline Bas-Hamet était,
en effet, assise devant un feu vif sur un escabeau. Elle apprêtait un souper pour quelques personnes parmi lesquelles ils reconnurent le pêcheur Capelin. Une longue table
couverte d'une nappe et de pots d'étain, or-
nait cette espèce de cuisine, noire, enfumée,
mais propre, car l'aire en était lavée et ba-
layée plusieurs fois par jour. Jamais sorcière
n'aima tant son balai que la Charline. Quand
elle en avait bien joué, d'ici et de là, sur la
terre de sa maison, elle passait à d'autres

exercices et frottait perpétuellement un petit buffet en noyer et la vaisselle et les tasses
anglaises qui le chargeaient, afin, disait-
elle, de leur donner un *reluisant* qui enga-
geât les pratiques à boire et à manger chez
elle. Aux deux angles de cette pièce, qui
composait avec la grange cédée, — comme
on l'a vu, — à la señora Vellini, tout le logement des Bas-Hamet, il y avait deux alcôves,
l'une, en serge verte, pour les deux filles qui
couchaient sororalement ensemble, l'autre,
pour le père et la mère, en serge bleue avec
un galon jaune et des glands. C'était le lit
de leur mariage. C'était sous son ciel un peu
passé que cette lune de miel, dont l'humeur
acariâtre de Charline avait fait souvent une
lune rousse, s'était levée et couchée, il y
avait bien vingt-huit ans. Une fenêtre étroite,
au bout de la table, éclairait cet intérieur
avec une porte basse qui donnait sur un pe-

tit jardin potager, et une plus grande qui s'ouvrait sur la grève. Celle-ci, — selon la coutume normande, — ne se fermait jamais qu'à la nuit et encore au loquet, comme au bon temps du duc Rollon.

— Bonjour, la compagnie ! — firent nos deux amis en entrant, et ils allèrent s'asseoir sur la *bancelle* (1) qui entourait la table et dans l'embrâsure de la fenêtre ouverte. — La Charline ! apportez-nous une chopine de votre nouveau tonneau, — dit le mendiant, qui semblait être très au courant de toutes les futailles du Bas-Hamet,—et ma *Finguette !* — ajouta-t-il comme un homme qui se cave de grosses dépenses, — si vous avez un peu de *sauticot* (2) et un morceau de *choine* (3)

(1) Bancelle — petit banc.

(2) Espèce de crevette bâtarde. (Expression populaire.)

(3) Comme *choine* pour pain blanc, pain de *choix*, probablement.

pour mettre avec, baillez-les! car la brise du soir et la marche nous ont affilé l'appétit, et ce n'est pas tous les jours la veille de la Saint-Jean.

— Va pour le sauticot et le cidre, — fit Griffon, — mais je veux payer mon écot aussi comme mon confrère de la besace. Vous avez là de la friture qui sent bon, mère Charline, donnez-nous-en avec une brave bouteille de ce gin qui a fait la nique aux habits verts (1), et qu'il y en ait pour le camarade Capelin, et pour votre homme quand il va revenir de la marée, car c'est un vieux matelot comme moi que le père Bas-Hamet, et j'n'ous sommes rencontrés aux Indes dans un temps où j'n'avions froid ni aux yeux, ni au bout des doigts, millé pavillons! —

La seconde des Infantes de ce cabaret de pêcheurs, petite fille de douze ans, maigre

(1) Les douaniers.

comme une cigale ; aux manches retroussées et aux bras plats ; dont le chignon, couleur de filasse, tombait sur un cou que le soleil avait plus hâlé que bruni, tant il était naturellement blafard ! mit sur la table la friture demandée à sa mère, et Capelin, le preneur de crabbes, s'attabla, sans plus de cérémonie, avec les deux Amphytrions.

— Merci pour mon homme, fit Charline, mais buvez sans lui, mes braves gens. Il est à Jersey et ne reviendra qu'à la fin de la semaine. Il est parti par la marée d'hier, — au soir.

— A-t-elle été bonne la marée d'hier soir, camarade Capelin ? — fit le père Griffon à son convive.

— Ah ! la mer est meilleure que les hommes, — répondit Capelin en engloutissant une moque (1) de cidre qu'il avait fait chauf-

(1) Espèce de tasse à fond large et à une seule anse.

fer dans les cendres. — Elle donne toujours, mais les hommes n'achètent plus. Nous mourrons de faim, cette année, ou il nous faudra aller vendre notre poisson jusqu'à Valognes ou à Cherbourg. C'est bon, ça, pour Pierre le Caneillier qui a un bidet, mais c'est enrageant pour *mai* qui porte à dos mon petit mannequin (1). Les bonnes maisons de l'an passé n'existent plus. Y'n'y a p'us personne aux *Eaux de la Taille*, si ce n'est de vieux ladres qui marchandent jusqu'à leurs œufs, et le manoir de Carteret est vide ainsi que le château de la Haie-d'Hectot.

— Est-ce que les maîtres ne reviendront pas à Carteret? dit Charline.

— G'n'y a pas d'apparence, — répondit Griffon.

— Ah! reprit Capelin d'un air d'impor-

(1) Panier d'osier qui a la forme d'un cône renversé.

tance, — la belle jeune dame ne s'y plaisait plus. Elle s'y ennuyait. Elle en a fait une maladie. Depuis la mort de la marquise, il y avait de *la brouille* dans le jeune ménage. Ils ont beau avoir du poisson frais sur leurs tables, les grandes gens ne sont pas toujours heureux.

— Oh ! par exemple, vous vous trompez joliment, père Capelin, — fit de sa voix fraîche la brune Bonine, qui repassait des coiffes sur une table à part, au fond du cabaret, et qui approcha son fer à repasser, bleu et lisse comme l'acier, de sa joue ronde et écarlate. — J'ai vu souvent madame de Marigny à la messe à Carteret, et je puis assurer qu'elle avait l'air bien heureux.

— Oüi, oui, — dit Capelin, comme un homme parfaitement sûr de ses informations, — dans les commencements, mais pas sur les fins ! Il paraît qu'il y a eu entre les mariés des affaires que personne ne sait et ne connaît... La fille de chambre, mademoiselle Nathalie, une fameuse délurée tout de même et qui a tourné la tête à plus d'un garçon dans Carteret, le disait assez haut à qui voulait l'entendre. *Mai* aussi, j'lai vue, madame de Marigny, et p'us souvent que vous, mademoiselle Bonine, quand j'allions porter de la crevette et du homard au manoir. Elle descendait parfois à la cuisine, et j'puis vous jurer sur ma part de paradis qu'elle avait l'air aussi triste... que vous, mademoiselle Bonine, quand il fait un gros temps et que Richard le Caneillier est en mer. —

A ce mot, les joues déjà rouges de la pauvre Bonine flambèrent aussi fort que le charbon allumé sous son trépied et qui servait à chauffer son fer.

— C'est comme je vous le dis ! — reprit Capelin, dont l'importance croissait en raison de l'attention qu'on donnait à ses commérages. — Il y avait qu'éque chose entre l'arbre et l'écorce, et la cause de toute cette discorde était chez vous, mère Bas-Hamet !

— Taisez-vous, mauvaise langue ! — s'écria Bonine indignée, en frappant de son fer sur le linon qu'elle repassait et qu'elle roussit dans son impétueuse distraction. —

— Qui ? — fit Charline en montant tout à coup sa voix à des octaves inconnues aux musiques humaines. — Ah ! la *Mauricaude,* l'Espagnole? Est-ce que vous en avez entendu causer à Carteret ?

— Pardié, dit le pêcheur de crabbes, c'est une histoire assez connue. La jolie Marie Meslin, la Sansonnet et la Lamperière l'ont assez racontée à tous les lavoirs du pays. Il m'est avis, la mère Charline, que vous la savez aussi bien que *mai*. Elles disaient donc que cette *amfreuse* (1) petite Mauricaude qui se retirait chez vous, mère Charline, et que j'avons tant rencontrée sur les grèves, était *une ancienne* de M. de Marigny, qu'il avait laissée là pour épouser sa femme, et qui le persécutait, depuis quelques temps, comme une vraie vision de Bréhat! Elles ajoutaient qu'elle était un brin sorcière, et qu'elle l'avait ensorcelé si bien qu'il ne pouvait se démêler d'elle. C'était là p't'-être des mauvais propos, car j' n' *crais* pas qu'il y ait des femelles qui chevauchent les hommes, comme le Loup-Garou chevauche le Diable. On a toujours bien un *parement* de fagot, pas vrai, mère Charline? dont on peut les régaler, quand elles commencent de *vi-*

(1) Affreuse.

per (1) trop fort. Mais enfin, faux ou vrais, c'étaient là les bruits ! On les *crayiait* quand on l'avait vue, car sur mon âme, elle avait la mine d'un mauvais esprit. Sa diable de figure noire ne vous revenait pas. Le soir, quand je la rencontrais rôdant dans les grèves, j'aurais mieux aimé, Dieu me protège ! rencontrer la Blanche Caroline. Vous la rappelez-vous, père Griffon ? Un soir, à la brune, elle vint se chauffer avec nous, sous le hâvre, à un feu de matelots qui goudronnaient leur bâtiment. Vous aviez encore des yeux qui y voyaient dans ce temps là. La belle madame de Marigny y vint *itou*. Vous vous souvenez de quel air elle la regarda, tout le temps ! C'est depuis ce soir là, que

---

(2) Onomatopée de génie. Vibrer n'exprime qu'un son. Mais il y a le sifflement suraigu des colères de la vipère dans *viper*, mot digne de faire une entrée triomphale dans la langue, si la porte n'en était pas si basse et si étroite.

(Note de l'Auteur.)

madame de Marigny a toujours été malade, car on dit qu'il est des yeux dans lesquels il y a des sorts comme dans les herbes, et qui ont le *pouvoir* de faire mourir.

— J'l'ai ouï-dire en Sicile et en Corse, dit le vieux Griffon, mais jamais j' n'en ai eu la preuve *par devers moi*, et l'aumônier de l'*Espérance* disait que c'était un péché mortel de croire à ces sornettes répandues dans l'esprit des hommes par leur vieux ennemi, le Démon.

— Péché ou bonne œuvre, répondit Capelin, c'était la *dirie* sur la côte (1). A toutes les portes où j'allais vendre mon poisson, on en causait. Y'a p'us, mère Charline. D'aucuns prétendaient que vous en saviez plus long que vous ne vouliez en conter, et que bien des nuits, M. de Marigny était venu voir la Mauricaude au Bas-Hamet.

(1) La *dirie*, ce qu'on dit.

— Ceux qui disent cela en ont menti ! —
s'écria l'innocente Bonine, dont la voix
monta presque au niveau de celle de sa mère.

· — Oh ! oh ! mademoiselle Bonine, —
reprit le pêcheur de crabbes avec une très
remarquable intonation d'ironie, — il ne
faut pas monter, comme un lait qui bout, au
moindre mot qu'on dit en riant. Parce que la
Mauricaude vous a donné les deux bagues
que vous avez aux doigts, et qu'elle vous faisait
regarder qu'euque fois dans son miroir
charmé où vous voyiez si votre amoureux
contait fleurette à d'autres, quand il dansait à
la foire de Portbail, ce ne sont pas des raisons, voyez-vous, pour jurer si fort de sa
vertu ? —

Bonine baissa sur son fer, moins brûlant
que sa tête, un front que l'obscurité qui
venait peu à peu empêchait de bien distinguer. Il était vrai que Vellini lui avait donné

les deux bagues qui ornaient ses mains pote-
lées et roses, — et qu'un jour, Capelin qui
passait dans le sentier du champ, au bout du
jardin, avait vu l'Espagnole montrer son
petit miroir d'étain à l'ignorante jeune fille
et l'avait entendue lui souffler ses supersti-
titions.

— Eh bien, après ? — dit la Charline, qui
mit ses deux poings sur ses flancs évidés et
secs et qui vola tout à coup au secours de sa
pauvre fille confondue, — qué'qu' ça vous
regarde, vieux endurci, les bagues de Bonine
et ses amoureux? Votre abominable langue
en veut donc à tout le monde, ce soir, vieux
hottier du diable, dont les paroles malavisées
feraient tourner et pourrir le poisson sur la
paille de son panier! Qué'qu'ça vous regarde, — je vous le demande , — la conduite de la Mauricaude? Vous devait-elle
quelque chose qu'elle ne vous a pas payé

pour que vous en disiez les horreurs de la vie ? Et ne v'la-t-il pas une fameuse garantie des débordements d'une femme qui vaut mieux à l'ongle de son petit daigt (1) que vous à tout votre vilain corps, que la langue de pierre-à-couteau d'un bavard comme vous, et pour mettre le *béconage à prix* (2), à même la réputation de toutes les honnêtes femmes depuis Carteret jusqu'à Portbail ! —

Tous nos soupeurs qui sirotaient leur gin, se mirent à rire à l'explosion retentissante de la colère maternelle de Charline. Sans doute, ils étaient accoutumés aux cris perçants de cette glotte d'acier qui avait les vibrations d'un gong chinois, car ils conti-

(1) Pour doigt.

(2) Mettre le *béconage à prix*, mettre à prix l'action de se *servir du bec*, probablement. Tout ce dont l'auteur répond, c'est qu'une pareille locution est employée dans les basses classes de Normandie.

nuèrent de rigoler et de boire, pendant que
le dominateur de la situation, le pêcheur de
crabbes répliquait avec une insouciante
tranquillité :

— V'la b'en du bruit pour rien, mère Bas-
Hamet ! mais des paroles, comme on dit, ne
sont pas des raisons ! Vous avez p't être les
vôtres pour ne pas parler de c'tte coureuse
de Mauricaude, qui est partie, sans qu'on sût
même d'où elle venait. Mais t'nez ! deman-
dez à votre voisine, la petite veuve Montmartin, si elle n'a pas vu, toutes les nuits, le
cheval noir de M. de Marigny, attaché à la
porte à côté, pendant que vous dormiez,
vous, votre homme et vos filles, sans vous
douter du maudit sabbat que la Mauricaude
faisait dans votre grange avec son ancien
amoureux ! Les fers du cheval, — qui
s'amusait moins que le maître, — et qui
piaffait en l'attendant, — ne faisaient pas

grand bruit sur la litière de varech étendue à votre porte. Mais la Montmartin qui, depuis la mort de feu son homme, pris sous sa charrette, ne dormait pas, et se relevait la nuit pour rallumer son *grasset* (1), a vu, elle, plus d'une fois, M. de Marigny, et elle en a été si saisie qu'elle me le dit dans le temps et qu'elle ne l'aura pas oublié ! —

La Charline se taisait. Au fond, elle était friande de commérages. Qu'on ne s'y trompe pas ! Elle n'avait défendu l'Espagnole que pour couvrir Bonine attaquée. Mais elle ne haïssait pas les détails donnés par Capelin, et elle les écoutait, avec un plaisir d'autant plus profond qu'elle le cachait.

— Enfin, — dit le pêcheur de crabbes, comme un orateur qui garderait la meilleure

---

(1) Petite lampe à bec, qu'on attache par un crochet à la muraille et qui contient de l'huile en réserve dans un double fond.

de ses preuves pour la dernière, — me nierez-vous aussi ce que j'ai vu moi-même, la mère! et mieux que je ne vous vois, car la nuit tombe et il ne fait pas mal noir *cheux* vous. Les mauvais propos sont les mauvais propos. Mais il ne s'agit plus de la langue des autres. C'est moi, Capelin, assis à cette table, aussi vrai que je sis vivant et que Dieu est un Dieu, qui ai rencontré cet hiver M. de Marigny revenant du Bas-Hamet. Certes ! il n'en r'venait, pas à cette heure là et dans cette saison là, comme on dit, pour des prunes, car il faisait un temps terrible, qu'on n'eût pas mis un chien dehors, et la bise soufflait dans la grève à vous couper la figure en trente-six morceaux.

—Vous aviez p't'être trop bu d'un coup?... — dit l'hôtesse du cabaret de la Butte, comme un cavalier allonge un coup d'éperon, en serrant la bride à son cheval. —

— Non, foi d'homme! reprit le narra-
teur. Il était plus de minuit et je m'en r'venais de la pêche aux crabbes. J'n'avais rien
pris. Ma hotte était vide. La nuit avait été
mauvaise, comme quand la Caroline ou le
Criard sont sous les Dunes. Justement, je l'a-
vais aperçue, la Caroline, qui rôdait aux environs du Manoir. J'aurais même juré en
justice qu'elle était entrée dans les cours; et
je m'dis, l'ayant vue de loin et ne la trouvant
plus lorsque je passai devant les portes :
« Est-ce qu'il y a qu'euque malheur qui menace les gens du manoir, que la Caroline
hante chez eux, la nuit? » et je passai sans
me détourner, car j'n'aime pas à la rencontrer, c'est la vérité ! quand au bout du Petit-
Pont dont je t'nais la rampe, v'là que j'en-
tends, patraflas, et que j'avisai le cheval de
M. de Marigny qui entrait dans l'eau des
quatre pieds. « Bon, me dis-je encore, en

pensant à tous les propos de la fille de chambre, bien sûr qu'il revient de voir la Mauricaude au Bas-Hamet. » l' me r'connut comme
j'l'reconnaissais, et j'nous parlâmes. Mais
p' t' être b'en qu'au fond de son cœur, il n'en
était pas plus content qu'il ne fallait et qu'il
eût souhaité que je fusse à cent lieues de là...
l' ne s'arrêta pas, et quand j' fus passé, je le
regardai qui filait, comme s'il y avait eu un
diable assis sur la croupe de son cheval.
Cette Mauricaude, c'tte Caroline, le temps, la
male heure qu'il était, tout me faisait venir
des idées étranges à la tête... Pour se pro-
mener dans les grèves par ce froid de loup,
quand on était riche comme M. de Marigny
et qu'on n'avait pas sa pitance à gagner
comme *mai,* et *par-dessus tout,* pour quitter à
une pareille heure, une femme comme la
sienne, la perle des femmes qu'on n'en a jamais vu une pareille dans tout le pays ! il

fallait bien que le diable s'en mêlât, et toutes
les histoires des lavoirs me revinrent. Il s'en
est tellement mêlé, Dieu m'ait en aide ! que
pas p'us tard que le lendemain , — j'ai marqué ça dans ma mémoire et par une entaille
sur le manche du couteau que v'là, — la
pauvre madame de Marigny était à la mort
et qu'elle n'a jamais repris, depuis c'tte époque, la joie de ses yeux et les couleurs de
la santé. —

Et il frappa de son couteau, — ce couteau
— monument dont il invoquait le témoignage,
— sur la table devant laquelle il était assis.
Quand il se tut, il y eut un moment de silence : la Charline et Bonine étaient domp-
tées par cette histoire racontée avec une impression sincère. La nuit était enfin venue.
Par la fenêtre ouverte, on voyait des lueurs
de lune qui se jouaient dans le houx de la
Butte, mais le profil de la maison projetait

son ombre sur le varech. L'intérieur du cabaret plongeait dans l'obscurité. Il n'y rayonnait plus qu'un peu de braise dans l'âtre, —
et le feu de charbon qui chauffait les fers de
Bonine. Superstitieux comme ils l'étaient
tous, sur cette côte d'où le merveilleux ne
s'est pas envolé encore, ils restaient sous
l'empire du récit passionné de Capelin. La
pauvre Bonine était la plus troublée. Elle
sentait ses bagues tortiller autour de ses
doigts comme de petites et sibilantes vipères,
à la langue de flamme, et elle tremblait de
s'être trop attachée à quelque favorite de
Satan.

—Eh bien,—dit Charline qui était au fond
une virago de cœur et de courage, — que le
diable y fût ou n'y fût pas pour quelque
chose, ce n'était pas, après tout, une mauvaise créature que la Mauricaude. Elle avait

ses idées et ses nivelleries (1), mais toutes les grandes gens ont les leurs. Si elle a fait de la peine à madame de Marigny, c'est un malheur, oui! et je ne l'excuse pas, car il faut laisser les maris aux femmes. Mais pour nous qui l'avons hébergée, j'n'avons rien à lui reprocher. Bien loin de là! J' l'ons vue b'en des fois donner aux pauvres qui venaient lamenter à la porte. Elle était généreuse p'us que b'en des riches qui ont de belles terres dans le pays.

— Ah! pour c'ha, c'hest la vérité — dit le mendiant Loquet qui s'était tu jusque-là, s'occupant à manger et à boire, au moins pour deux jours, — ch'est la vérité qu'elle était charitable et pas fière! Je n' sais pas si elle avait signé queuq' mauvais pacte avec Grille-Pieds, mais c' que j'sais bien, c'est que

(1) Mot patois, synonyme à manies et à bagatelles, — tout ensemble.

l'argent qu'elle n'a bouté, n'a pas brûlé ma *pouquette* (1) et qu'elle m'en a donné, à plusieurs reprises, p'us que personne depuis que j'rôde dans les environs... Un jour, surtout, que je la rencontrai avec M. de Marigny qui sortaient tous deux dn *Tombeau-du-Diable*... vère! du *Tombeau-du-Diable!*... ce qu'ils y avaient fait! j'n'en sais rien, mais ils en sortaient; M. de Marigny, qui est grand aussi avec les pauvres, me vida tout son boursicot dans mon grand *capet,* ma finguette! Ils parlaient grimoire entr'eux, mais elle, la Mauricaude! m'dit qu'elle s'en r'viendrait avec *mai* au Bas-Hamet et, ma finguette, elle y revint de son pied mignon, légère comme une bergeronnette, parlant et riant avec un vieux bonhomme comme *may,* et quand j'fûmes sous le chemin de Barneville, elle

(1) *Pouquette* pour *pochette.* On l'écrit ici comme les paysans normands le prononcent.

me donna itou tout ce qu'elle avait sur elle,
si bien que ce jour-là je fis une journée
comme j'n'en ai pas fait depuis et comme le
bon Dieu ne m'en renverra peut-être jamais!

. . . .

. . . .

C'est ainsi que sur cette côte sauvage et
retirée de la Manche ; au fond de ce cabaret
de bouviers, de pêcheurs, de mendiants, on
s'entretenait, un soir, de Vellini. Elle n'avait
vécu que bien peu de temps sur ce rivage et
déjà tous ces gens simples qui l'avaient connue étaient pleins d'elle, ne parlaient que
d'elle. La Mauricaude, comme ils l'appelaient, défrayait leurs conversations et s'im-
posait à leurs souvenirs. Elle allait peut-être
bientôt entrer dans les légendes de la veillée comme cette Blanche Caroline qui
revenait aussi dans leur vie et dans

leurs discours. Elle avait saisi l'imagination
de ces êtres spontanés et primitifs comme
elle saisissait l'imagination des hommes les
plus développés dans leurs facultés, les plus
exigeants et les plus blasés dans leur goût,
— les plus hautains en sensation ; en appré-
ciation les plus difficiles. Les uns et les autres concluaient de la même manière, quand
ils parlaient de l'Espagnole. Les hommes
ont presque tous les mêmes pensées, quand
il s'agit des mêmes mystères, et il y en avait
un en Vellini dont on pouvait bien décrire
l'effet et la puissance, mais que l'observation humaine dépaysée était impuissante à
expliquer.

Or, précisément le même soir où nos
Bas-Normands devisaient chez la Charline
de la Butte, — car dans ce jeu de la vie, il
est de singuliers carambolages de circonstances, — le vicomte de Prosny se trouvait à

Paris chez madame d'Artelles, avec la ponc-
tuelle exactitude d'une montre dont elle était
le grand ressort depuis quarante ans. Il avait
dîné au café Anglais, son restaurant ordinaire; seul, avec lui-même pour tout convive,
comme Lucullus chez Lucullus. C'était sa
coutume de dîner seul. Il avait observé que
la conversation, — ce charmant hors-d'œuvre pour les oisifs à table qui goûtent dédai-
gneusement du bout des lèvres les ailes de
faisan piquées de crêtes ou les coulis d'orto-
lans truffés, — était une distraction et une du-
perie pour ceux qui, réellement, savent manger. Aussi comme les Ascètes qui redoublent
au désert leur tête-à-tête avec Dieu, — comme
les amoureux, ces autres Ascètes, qui
emportent leurs maîtresses dans la solitude
pour que les rayons les plus indifférents de
leurs yeux ne soient à personne, — il avait
appliqué aux sensations de la table cette con-

centration solitaire qui multiplie l'intensité
du plaisir par l'isolement de tout ce qui n'est
pas la jouissance elle-même. Quand il eut
achevé sa tasse de café à Tortoni, dans ce
petit salon bleu qu'avait aimé le prince de
Talleyrand, il avait traîné sa lambine personne à l'Opéra, — car il était un des plus
vieux anecdotiers à lorgnettes, du *Coin de la
Reine*, — puis il en était sorti et s'en était allé
chez madame d'Artelles, après avoir fait un
grand coude par la rue de Provence, où il
avait pris une petite voiture basse qui l'avait
charrié au faubourg Saint-Germain. C'était
bien toujours le même homme qu'Eloy de
Bourlande-Chastenay, vicomte de Prosny.
Son maigre et grand corps que les plaisirs de
sa jeunesse n'avaient pu dissoudre et qu'un
égoïsme de premier ordre avait fini par dur-
cir dans ses eaux pétrifiantes, avait la soli-
dité d'une pyramide sous sa jaune et sèche

enveloppe de papyrus. Depuis sa première
apparition dans cette histoire, il n'avait pris
(comme on dit) ni un jour ni une heure. Si
notre corps ne pensait plus, peut-être, qui
sait? serions-nous immortels? A ce compte-là,
ce vide ambulant d'idées, le vieux Presny devait momifier la vieillesse. Son œil de faucon
pour l'éclat, — étonné toujours, quand il n'é-
tait pas implacablement curieux, — n'avait
pas plus perdu sa flamme verte, qu'une éme-
raude d'un siècle n'a perdu la sienne, pour
être enchâssée dans une gothique monture
et vue sur le fond d'un bras de vieille femme,
ridé et grenu. Il avait presque assisté à la
mort assoupie de la marquise de Flers, de
cette femme qui, mieux que Mirabeau, avait
emporté, en mourant, les lambeaux de la
monarchie et une bonté digne de durer toujours. Quoiqu'elle fût sa contemporaine et
son amie, sa mort ne lui avait coûté ni un

coup de dent ni un quart d'heure de sommeil.
De longue main, il se préparait à soutenir le
choc redoublé d'une perte plus cruelle encore dans la personne de madame la comtesse d'Artelles, cette sœur Siamoise de la
marquise, qui traînait sa vie au lieu de vivre,
depuis la mort de sa moitié. La comtesse
d'Artelles, il est vrai, était liée à lui par des
intimités que le temps avait soudées dans
toutes les habitudes de leur existence ; mais
c'était un homme à enterrer toute une race
d'amis et d'anciennes maîtresses avec l'im-
passibilité d'un fossoyeur. Routinier, tous les
jours le voyaient vers la même heure dans le
salon de madame d'Artelles. Ce petit salon
de forme ovale et très drapé où se tenait la
dolente comtesse, dans une bergère, devant laquelle il s'établissait en vis-à-vis,
était comme un temple consacré à l'Amitié et
au Souvenir. Le soir, il était baigné des

lueurs nageantes d'une lampe d'argent, chef-
d'œuvre de ciselure et d'art, donné à la comtesse par la marquise, dont le portrait se répétait sur les lambris en plusieurs éditions, à
différentes époques de sa vie. Des profusions
de scabieuses et de violettes des bois, em-
plissaient les vases des consoles, car madame
d'Artelles ne voulait autour d'elle que des
fleurs de deuil, versant aux imaginations par
les sens des inspirations mélancoliques. D'ordinaire, quand M. de Prosny entrait dans cet
asile crépusculaire des *brunes pensées*, comme
disait madame de Sévigné, ce vieux et souple
praticien des convenances, qui connaissait le
chagrin de la reine douairière de ses sentiments, avait la courtisanerie d'une tristesse
qu'il raccordait à la sienne. Il se mettait au
diapazon des soupirs. Pour les besoins de
cette situation de tous les soirs, il stéréoty-
pait sur son visage cette phrase qu'il avait ré-

pétée longtemps sur la mort de sa femme.
Médaille frappée à l'honneur de sa mémoire,
à elle, et commémorative de ses débarras, à
lui! usée à force de l'exhiber. La comtesse
lui savait gré de cette tristesse, revêtue à son
seuil et qu'elle prenait pour une éternelle
sympathie. Mais ce soir-là, il était entré chez
elle, — et elle l'avait remarqué — d'un air
presque scandaleusement dégagé. Une expression d'ironie retenue circulait dans le
rictus de ses lèvres.

— Eh bien, ma chère comtesse, — lui
avait-il dit sans lui demander de ses nouvelles, et en lui baisant la main avec autant de
distraction que si c'eût été une bague d'évê-
que et non la main d'une femme qu'il avait
aimée autrefois, — prendrez-vous maintenant de mes almanachs?

— Que voulez-vous dire avec vos almanachs? — répondit madame d'Artelles qui

travaillait à son éternel filet, — et quelle
mouche vous a piqué, monsieur de Prosny?
Vous dansez comme si c'était une tarentule !
On dirait que vous allez vous envoler.

— Pour vous prouver que non, je m'as-
sieds, — fit-il en s'affaissant dans une bergère. — Sa *badine*, cette canne de muscadin,
qui survivait à tous les badinages de sa trop badine jeunesse, vibrait entre ses jambes qu'il
croisa , mais avec un mouvement qui sentait
la superbe d'un triomphateur.

— Ce que je veux dire, comtesse, c'est que
mes prédictions sont accomplies ! — reprit-il
d'un air solennel ; mettant des pauses entre
chaque mot comme s'il eût acclamé sa gloire,
et poussant sa joue avec sa langue, en étudiant l'effet qu'il produisait sur madame d'Artelles. — Après dix-huit grands mois d'incertitudes, je viens à *l'instant même* d'acquérir
la preuve d'une chose que j'avais depuis bien

longtemps prévue et calculée, comme on calcule une éclipse. Au fait, c'est une éclipse aussi ! Le parangon des maris, M. de Marigny...

— M. de Marigny ? — fit la comtesse la tête levée et avec un point d'interrogation dans le regard.

— ..... a fait comme le chien de la Bible, comtesse ! dit de Prosny. Il est retourné... vous savez bien où.

— Mais c'est fort mal-propre, ce que vous dites-là, vicomte ! — répondit madame d'Artelles qui savait sa Bible et qui allait parfois au sermon.

— Mais dire n'est pas faire, dit le vieux cynique ; et moi je ne me charge que de vous apprendre une chose que vous caractériserez, quand vous la saurez, comme il vous plaira. Voyons ! — ajouta-t-il en tirant sa montre et en la comparant à la pendule, —

il est juste dix heures trois quarts ; où croyez-vous qu'est à cette heure M. de Marigny, ce génie de l'amour conjugal, éclos, par miracle ! dans la peau sulfurique d'un libertin ?...

— Ah ! mon Dieu ! fit madame d'Artelles, ma pauvre amie, la marquise de Flers aura donc bien fait de mourir ?...

— Il est, — continua M. de Prosny qui passa sur le mot touchant de la comtesse, sans plus l'entendre que la roue d'un char n'entend les cris de ceux qu'elle broie, — rue de Provence, n. 46, chez la señora Vellini.

— Est-ce bien sûr, cela ? — repartit la comtesse qui voulait douter.

— Par Dieu ! si cela est sûr ! fit le vicomte. Je l'y ai vu entrer moi-même, et sa voiture, plantée à la porte, atteste le fait suffisamment à ceux qui passent. Américaine

noire, attelage isabelle, rosettes de rubans
jaunes à la têtière des chevaux, avec l'écus-
son écartelé des Marigny et des Polastron
aux portières, comme si nous n'étions pas en
bonne fortune. Rien n'y manque en fait d'é-
tiquettes ! Marigny n'aime pas l'incognito. Ce
que j'aime de lui, c'est que s'il devient mi-
nistre un jour, il mettra sa gloire à être im-
populaire. Je ne connais pas d'être qui jette
le gant à l'Opinion mieux que lui. —

    La comtesse laissa tomber son filet sur ses
genoux, — muette, humiliée, consternée,
car, — on l'a vu, — elle avait cru à la con-
version de M. de Marigny par la vertu du
grand orviétan de l'amour conjugal.

    — Il était à l'Opéra, avec sa femme ; re-
prit M. de Prosny, il en est sorti presque
avec moi et je l'ai vu monter dans sa voiture
sous le péristyle ; c'était après le deuxième
acte. Il a laissé madame de Marigny dans

une loge de face avec madame de Spaur et madame de Vanvres et il s'en est allé, comme un prisonnier délivré, retrouver sa vieille maîtresse, comme s'il n'avait pas pour femme la plus belle et la plus intéressante personne de Paris !

— Voilà donc les hommes ! dit madame d'Artelles ; et pourtant, vous ne me croirez pas, si vous voulez, monsieur de Prosny, mais je vous jure qu'il a aimé Hermangarde ; que j'ai été témoin de cet amour et que je ne l'oublierai jamais !

— Et vous ferez bien, comtesse, répliqua le Prosny, pour que quelqu'un s'en souvienne, car lui, probablement ne s'en souvient plus. —

Ici il y eut une pause entre les deux septuagénaires, mais Belzébuth et Belphégor, qui est le diable du mariage, dansaient leurs danses dans les pensées du vieux Prosny, car il reprit philosophiquement avec un sourire comme doivent en avoir tous les genres de diables en gaîté :

— Après tout, qu'y a - t - il d'étonnant à cette fin qui est une reprise? Est-ce que le Marigny dont nous avons jaugé les passions pouvait éternellement rester dans la solitude de Carteret, en vis-à-vis des perfections de madame sa femme, et passer ses jours à se mirer dans son bonheur, — comme un fakir de l'Inde se mire dans le bout de son nez et passe quarante ans de sa vie à méditer sur la syllabe Boum?... —

— Si, monsieur de Prosny, c'est étonnant! dit mélancoliquement la comtesse. De pareilles dépravations étonnent toujours. Voilà maintenant, — reprit-elle après un silence, — la tristesse d'Hermangarde expliquée! Il n'y a donc pas que la mort de sa grand'mère, qui ait jeté cette profonde pâ-

leur sur son beau visage et donné à son regard cette nâvrante expression qu'on comprend si peu et qui fait si mal ! La marquise
de Cagny me le disait l'autre soir : « Pourquoi donc cette belle madame de Marigny
dont le mariage a tourné la tête à toutes
les jeunes filles qui ne veulent plus faire
maintenant que des mariages d'inclination,
a-t-elle dans le monde une si grande tristesse ?... On la dirait atteinte d'un chagrin
qu'elle cache ou de quelque secrète et douloureuse maladie? Est-ce la mort de sa grand'-
mère qui lui donne cet air-là? Ou bien les
suites de sa fausse couche ?... Dans tous les
cas, il n'est guère possible d'avoir moins que
cette jeune femme, qui devrait être si heureuse, la physionomie de son bonheur. »

— Vous pourrez maintenant faire la réponse, dit le vicomte, et renseigner les
curiosités de madame de Cagny. Herman-

garde est sacrifiée à une ancienne maîtresse et quoiqu'elle s'en taise, elle le sait. Voilà toute l'histoire et cette histoire n'est pas nouvelle. La Vellini ne se trompait guère quand elle me dit un soir, en gaminant avec sa pantoufle qu'elle faillit me jeter à la tête, que sa liaison avec M. de Marigny n'aurait jamais de dénoûment. Elle savait la force de ses nœuds. Elle connaissait le pouvoir infaillible de ses amorces et comment on repêchait, toujours avec le même hameçon, dans le fond des bras d'une femme neuve et charmante, le poisson qu'on a fricassé, depuis dix ans, dans la poêle de tous les plaisirs! Qu'on dise, après cela, que les hommes manquent de fidélité et de constance! — ajouta M. de Prosny, en ouvrant somptueusement sa tabatière, comme si elle eût renfermé tous les arcanes de l'âme humaine. —

— Taisez-vous, vicomte ! fit madame d'Ar-

telles impatientée, — allez-vous appeler fidélité ou constance de pareilles abominations?

— Ce sont des abominations, — dit M. de
Prosny qui se dessina tout à coup en mora-
liste, — parce que cette Vellini n'est pas de
votre faubourg, ma chère comtesse; car vous
avez fini par trouver très touchante, au faubourg Saint-Germain, la *liaison* consacrée par
des années de communauté de madame d'Hé-
noës et de M. de Fargirens, dont le sentiment est définitivement et officiellement accepté... Ce sont des abominations, parce que
c'est cette Vellini qui a cousu M. de Marigny
à sa jupe, mais supposez que ce fût madame
de Marigny, par exemple, qui entraînât, au
bout de dix ans, le señor Vellino, secrétaire
de l'ambassadeur d'Espagne, marié et re-
tournant, malgré son mariage, au pigeonnier
de ses amours de dix ans; vous autres femmes qui dirigez l'opinion dans ce pays, vous

formeriez un bataillon carré d'amazones de moralité attendrie pour couvrir et défendre une si périlleuse situation, et vous êtes si spirituelles que probablement vous réussiriez.

— Et nous aurions raison ! — fit madame d'Artelles, qui, comme toutes les femmes, avait la grande solidarité de son sexe et voyait la moralité des actions humaines moins dans le fond des choses que dans une certaine plastique de sentiments et d'attitudes. — Allez-vous comparer à une femme comme il faut ; à un ange comme madame de Marigny, cette vieille macaque de Vellini qui n'a pas dans sa personne l'ombre d'une excuse à offrir pour tous les torts dont Marigny se rend coupable envers une femme, qui est vraiment une perfection ?...

— Ce n'est donc plus qu'une simple question de forme, — fit le Prosny qui se retrou-

vait parfois *avocat de sept heures* et qui avait
des lucidités de logique, — mais que savez-
vous si la Vellini n'a pas, sous sa basquine
d'Espagnole, des justifications à l'usage de
M. de Marigny?... Madame de Staël, qui
avait la peau de nos bottes à revers quand
nous en portions, disait que ce n'était pas
sur sa figure que Dieu avait mis son vrai visage. Et ne vous rappelez-vous pas la fameuse chûte de cheval de la maîtresse du
duc d'Yorck, dans les Mémoires de Grammont; laquelle retourna, bout pour bout, l'o-
pinion d'une cour anglaise, délibérée et dis-
cutée comme un acte du parlement? La
Vellini, qu'on prendrait pour la femelle d'un
Centaure et qui monte à cheval comme la
plus habile écuyère du Cirque, ne nous édi-
fiera pas sur ce point de la question autant
que l'est M. de Marigny. Mais, comtesse,
quand je vous accorderais qu'elle est laide

comme... tout ce qu'il y a de plus laid, n'êtes-vous pas des spiritualistes dans votre faubourg Saint-Germain? Et la constance de Marigny n'est-elle donc pas plus méritoire que si on l'expliquait avec des idées... avec des idées...

— Allons donc, vicomte ! — fit madame d'Artelles, interrompant les ricanements du vieux roué qui se permettait l'ironie : — Vous savez fort bien avec quoi on l'expliquerait, — et vous, tout le premier ! — sans qu'il 'en résultât beaucoup de gloire pour M. de Marigny, qui mourra, sans doute, dans l'impénitence finale d'un goût enragé.

— Un goût enragé et passé à l'état chronique, sans cesser, pour cela, d'être à l'état aigu, repartit M. de Prosny, c'est peut-être la meilleure définition qu'on puisse donner de l'amour. Ce qu'il y a de sûr, c'est que Marigny aurait dans le cœur un de ce

sentiments dont, vous autres femmes, com-
posez des religions et qui contiennent les
sept sacrements de l'amour, qu'il n'agirait
pas autrement qu'il ne fait, à cette heure,
avec sa señora Vellini.

— Elle lui a empoisonné l'âme! — dit
madame d'Artelles, échauffée par les indi-
gnations qu'elle couvait en écoutant le ré-
sumé du vieux Prosny.

— Je ne dis pas non, reprit le vicomte,
mais avec quel poison, madame la comtesse? Tout est là. Elle a créé en lui des besoins d'elle, infinis, éternels, que les plus
ravissantes personnes avant Hermangarde
et Hermangarde par-dessus le marché, n'ont
pu assoupir, ni faire oublier. En amour,
même conjugal, comme en politique, y a-t-il
autre chose que le résultat? Et le résultat,
comme pour les empires, n'est-il pas de
briller et de durer? Eh bien, voilà l'œuvre

de cette Vellini que vous méprisez si fort, comtesse! Nous serions au temps d'Éléonora Galigaï, dont elle a bien quelque chose, avec sa maigreur de brûlée et le feu cabalistique de ses yeux noirs, qu'on pourrait, ma foi! très bien croire qu'elle a passé quelque pacte avec le Démon. Heureusement nous sommes au XIXe siècle ; et d'ailleurs l'âme de Marigny ne ressemble guère à celle de la faible Marie de Médicis. Vous le dites vous-même ; c'est avec les femmes un homme bien plus gouvernant que gouverné, de manière que... de manière que... on doit conclure que le Démon, c'est elle, en personne, avec tout son cortège de tentations ! —

— Et il se tut, — pensant à ces tentations dont il parlait, et que lui, le vieux épuisé des orgies du Directoire, avait parfois senties comme des petites langues de feu, frétiller dans les veines de son sang croupi... Il

poussait sa joue avec sa langue, — ce tic qui
lui était familier ! — et il rêvassait. Les
idées, sans traduction possible, qui avaient
souvent hanté son cervelet très-corrompu,
s'entrelacèrent dans sa pensée et y tournè-
rent, en se tenant par la main, comme les
douze belles Heures du Guide, auxquelles
elles ne ressemblaient pas. Les distractions
l'emportaient... on ne savait où ! Où se croyait-
il ? Il ressemblait dans son fauteuil au duc de
Brancas, le Ménalque de La Bruyère,
étalé dans son fossé, comme dans son car-
rosse, et s'y regardant trotter, sans bouger
de la fondrière. Madame d'Artelles, la Validé
de sa vie, qui n'avait pas perdu l'habitude de
lire dans le parchemin de cette âme qui
pouvait encore grésiller sur les réchauds du
vice, pour peu qu'ils fussent bien allumés, fut
piquée sans doute de voir son ancien cavalier-
servant s'abandonner près d'elle à des dis-

tractions malséantes. Elle lui rendit piqûre
pour piqûre. Avec cette malice de pension-
naire, originelle à la femme, et qu'on retrouve sous la peau de la plus majestueuse,
quand on la gratte bien, elle prit son aiguille
à filet et elle darda le genou de l'antique
muscadin de toute sa force. Féroce plaisan-
terie qui était tout ensemble une petite ven-
geance et une leçon.

— Est-ce que vous dormez, monsieur de
Prosny ? fit-elle, hypocrite comme on ne l'est
pas.

Il sauta comme une grenouille qu'on gal-
vanise, malgré ses gouttes et le poids de sa
digestion. — Diable !!! s'écria-t-il, mais non
comtesse, je ne dormais pas. Vertu de
femme ! Vous avez là une atroce manière de
réveiller les gens ! — ajouta-t-il en se frot-

tant le genou de la main droite. Vous piquez comme un *picador*.

— Cela vous rappellera le pays de cette Vellini, — fit madame d'Artelles.

Et comme il redressait les vertèbres de son long buste et qu'il se levait : — Est-ce que vous me quittez? reprit-elle. Mon aiguille à filet vous met-elle en fuite ?

—Non, répondit-il, mais il est onze heures; l'heure du whist au cercle de la rue de Grammont. Il doit y faire joli, ce soir, si quelqu'indiscret a vu stationner la voiture de M. de Marigny, rue de Provence, à la porte de la Señora. Vous vous rappelez ces paris que les amis de Marigny ont engagés sur son mariage? Les voilà perdus et gagnés ! Le tour est fait. C'est le jour des comptes. Rupert a solennel-

lement promis que s'il gagnait ses trois cents
louis, il donnerait un souper sterling à tout
le Cercle et que j'en dicterais le menu. Ces
jeunes gens se sont souvenus que j'avais été
le convive des soupers de Cambacérès, et ils
ont voulu honorer ma vieillesse de cette dernière marque de considération... de manière
que...

— Elle est flatteuse! — interrompit ironi-
quement madame d'Artelles. Quelle horreur!
Souper ainsi du bonheur d'une femme!!

— Ma foi! ce n'est pas nous qui l'avons
jetée aux murènes, fit le vicomte. Que Ma-
rignys'arrange comme il pourra avec sa conscience! Nous n'avons, nous, à nous occu-
per que de souper.

Et sur ce mot, il salua la comtesse d'Artel-

les et s'en alla au Cercle de la rue de Grammont.

FIN.

TABLE

Impr. de E. Dépée, à Sceaux.

ERRATA

DU TROISIÈME VOLUME

—

Page	55, ligne 2, et auss,	LISEZ :	aussi.
»	319, » 6, dovait,	»	devait.

74   17   12